図書館の魔女

de sortiaria bibliothecae

L'enfance de la plus haute tour

高田大介

Daisuke Takada

高い塔の童心

講談社

図書館の魔女

高い塔の童心

海峡地域概略図
北東部直轄地諸州
グウェンデ川
二ノ谷
東大陸
南部同盟市諸州

ストュリタイ
中原京城
西方離宮
北部鎮台
東部山麓鎮台
ニザマ港湾
古アルデシュ
西大陸
カラブサン
クヴァングワン
ロンド河口港
エリドゥ
コランダン伯領
グロッサイ
西方辺境
ハカ
南西部島嶼地方
イクリティイシュ
キュレネ
南大陸

1 晩夏

マツリカは話さぬ子、そして笑わぬ子だった。

ハルカゼがそのことに気がついたのは高い塔の法文蔵《ほうぶんぐら》に就任してすぐのことだった。マツリカが声を持たないという話はもとより聞き及んでいたが、唇が凍りついたように言葉を発することがないばかりでなく、ひとひらの微笑みさえもその口元から零れることがないのだった。

ついぞ笑わない――そこに何か理由はあったのだろうか。

ひとたび人が笑うならば何がしかの事情があるものだろうが、笑わないことには特段の事由も無いのかもしれない。何かしら人がすることに理由が求められるとしても、しないことには殊更に訳は問いにくい。起こらなかったことについて、起こらなかった原因を問うことが難しいのと同じように。

ところで第三次同盟市戦争は起こらなかった。

歴史というものが戦役や政変、国家の盛衰や世相の激動を刻んでいくものだとすれば、起こらなかったことに割《さ》かれる紙幅はなく、生じなかった事態に集まる耳目はない。それは文字どおり無かったことなのだ。

史書ならずとも叙事詩にも神格の瞋恚《しんい》と戦乱の帰趨《きすう》、戦いの庭と兵《つわもの》の勲《いさおし》が歌われるものであり、起こらなかったことに捧《ささ》げられる詩行はない。

したがって「起こらなかった第三次同盟市戦争」は歌に詠《うた》われず、物の本にも言及がない。いずれ大文字の歴史の中に埋没し、忘れ去られていくのが当然の、むしろ「出来事」とすら呼ばれないようなものなのかもしれない。第三次同盟市戦争は、ある時代、ある地域にあり得たかもしれない無数の可能事のうちの一つにすぎず、実現しなかった仮構の想定でしかない。

だからそれについて語ることは畢竟《ひっきょう》、なんらかの稗史《はいし》を認《したた》めることに他《ほか》ならない。

だがその時代、その地域にまさしく立っていたものにとっては、可能事のうちの一つであるどころか、仮構された虚像であるどころか、極めて高い蓋然性《がいぜんせい》を見込んで想定されていた、文字どおりの切迫事だったはずだ。避け難《がた》い遺憾《いかん》な成り行きであり、備えなければならぬ喫緊の脅威だったはずだ。誰もが戦《おのの》きと共に――期待ではなく恐れをもって待っていた「来たるべき現実」だったはずだ。

　ならばなぜ、その来たるべき現実は訪れなかったのだろうか。

　起こってしまった事態について、事態が深刻で広範な影響を齎《もたら》すものであればあるほど、人はきっと、より切実に原因を追いはじめ、回避の方途を探りはじめるだろう。たとえ所詮《しょせん》は後知恵にすぎないとしても史書の使命は、後世に先例を示し教誡《きょうかい》を施すことにある。だからなんらかの歴史的事実を前に、原因と目されるものに触れないことはない。つまり火種と導火線を準備した事実の背景と、いよいよ一事に発火した椿事《ちんじ》と……。

戦史や叙事詩には、それを起動する核となる動因がある。

あるときは自らを神に引き比べる人間の増上慢であり、ひとたび天の逆鱗《げきりん》に触れれば苛烈《かれつ》な罰責が下されるまで詩行が尽きることはない。あるときは不屈の魂を艱難辛苦《かんなんしんく》に追いやる痛烈な敗北であり、ひとたび英雄の復讐心《ふくしゅうしん》に熾《おき》の火が灯《とも》れば国家や王朝を覆す劫火《ごうか》となって噴き上がるまで頁《ページ》は費やされ続ける。

では起こらなかったことはどうなのだろう。起こらなかったことには起こる原因が不在だったのだろうか。それとも起こらなかった原因が在ったのだろうか。

第三次同盟市戦争は起こらなかった。そこには起こらなかった理由があったのかもしれない。

しかし何かが起こらなかったということなどほどなく人々の脳裏から消え失せてしまうのであってみれば、まして起こらなかった理由というものも容易に見過ごされ忘れ去られてしまうのが当然だろう。

それならばこれは、とある起こらなかったことの記録、忘れ去られるべき一挿話の覚え書きにすぎない。

そして起こらなかったことの原因、この物語の動因となったのは、やはりある者の憤怒《ふんぬ》であった。

ただしそれは人の傲慢《ごうまん》に憤る神の怒りではなく、定命《じょうみょう》のひとりの人間の怒りに端緒を発していた。無力な民草《たみくさ》の一人とはいうまい。彼は国家の計に深く係わる国の重鎮の一人ではあった。王に諂《へつら》うことも、貴族に阿《おもね》ることも、元老に服《まつろ》うこともない、特別な立場を有していた。しかし軍の統帥権を握っていたわけでも、議会の意向を掌握していたわけでもない老境にある一人の文官が、彼の怒りが、どうして氷河のように着実に、不可避に近づきつつある戦乱を押しとどめることができたのか。

その老人は、多様な都市国家の思惑が交差する海峡地域の盟主と目される商都一ノ谷の枢《すう》密院《みついん》――世界最古の図書館と嘯《うそぶ》く「高い塔」の番人として知られていた。その書庫には人の知る限りのありとあらゆる事実の記録、そして定命の人ばらが定めた法令の記録、すなわち学術にかかる文献と従うべき法文が汗牛充棟、棚を埋めていた。一ノ谷王家の事実上の顧問府であり、元老院議会の諮問機関とされる高い塔は、この世を支配する自然天然の法則と、人々の取り交わした約定の全《すべ》てを集約する、逆《さか》らうことのできない則《のり》、現世《うつしよ》の掟《おきて》を象徴する古塔であった。

この図書寮《ずしょりょう》の番人たる老人は、一名に図書館のタイキ、市井《しせい》ではむしろ「高い塔の魔法使い」と呼ばれている。

そして一ノ谷王家や貴族階級、あるいは議会や市民の間で、はては一ノ谷ばかりか海峡地域全域においてすら、彼の二つ名が畏怖《いふ》をもって口にされていたのは、彼が単に図書館の番人として商都の政《まつりごと》に隠然とした権勢を振るいうる立場にあったからばかりではない。彼はむしろ海峡地域に網を繰り広げた用間《ようかん》の王として畏《おそ》れられていたのだ。

海峡を南に抜けると広大な扇状地沖積層が内海《ないかい》と呼ばれる数々の島嶼《とうしょ》を抱《かか》えた海に扇端を浸している。それが商都一ノ谷の立地だ。

扇状地は海岸段丘をなして扇の要《かなめ》へむかって雛壇《ひなだん》のように上がっていく地形で、遠く外洋から帆船で近づいていくと背後の北嶺《ほくれい》に切り込んでいくような都市全体が、半島の背骨となる山脈へと昇っていく階段のように見える。船が半島へと躙《にじ》り寄《よ》っていけば、次第にその階段の巨大さが増していき、全域が都市に覆《おお》われていることが徐々に明らかになっていく。

この都はおよそ有史以来の歴史を遡《さかのぼ》り、長いその来歴の中で徐々に拡大してきた。いまや雑多な人種が寄り集まり、大小の建築物が扇状地を埋め尽くしているが、中でも最も古くから人を集めてきたのが扇端に位置する港湾部市街と、扇の要に位置する古代の砦《とりで》に端緒を発する今日の一ノ谷王城である。

背後の山脈《やまなみ》から突き出た左右二座の山塊に囲まれるように一ノ谷王城は都市の最奥に坐《ざ》し、商都を睥睨《へいげい》している。

一ノ谷全市をいまだ晩夏の西日がじりじりと炙《あぶ》っていたが、天然の要害に守られた一ノ谷王城は東西二峰の陰《かげ》となり、眼下の都市部よりも朝日も遅れて届くし、早く夕影に包まれる。いまなお商家や菜館や旅籠《はたご》が軒を並べ甍《いらか》を競いあう城下の市街は人波に賑《にぎ》わっていたが、王城は一足先に夕闇《ゆうやみ》に隠れ、帳《とばり》を下ろしてしまったかのように、扇状地の最奥に静まっていた。

王城は前時代的な堀と高い城壁に囲まれた閉域だが、その内陣にはまだ「街」が広がっている。ただ王族が住まうばかりではなく、議会堂や聖堂が立ち並ぶ立法と行政と祭祀《さいし》の中枢がそこにあった。もちろん古代にはこの王城内陣こそが初めの街だったのだ。かつては昼となく夜となく市井の人が闊歩《かっぽ》していたであろう内陣もしかし、今日ではもっぱら王城に起居する特別な立場の者たちにほぼ占有されており、堀を跨《また》ぐ城壁南面の跳ね橋は長らく巻き上げられた状態で、城門も固く閉ざされたままに留まる。西の通用門には終日終夜衛兵が詰め、通ろうとする者に誰何《すいか》することこそ無いが、それは門を潜《くぐ》ることができるのはそもそも決まった者たちに限られているからだ。つまり王城内陣の東翼に住まう王族の係累の者たちか、今は閉じられた南面正門に正対する大聖堂を管轄する聖職者の一団、そして西翼の議場に出入りする元老院の関係者だけが往来を許されており、門を潜ろうとする者たちには衛兵が周知する顔しかない。

城下の喧騒《けんそう》を他所《よそ》に、すでに静まり返った城内はすっかり閑散としているけれども、まったく人気《ひとけ》が失せているという訳ではなく、もとよりここに詰め切り常住する人員は多い。王城には王族ばかりではなく累代を王家に出仕する側用人《そばようにん》が一族をなして居住していたし、聖堂にも議場にも、聖俗の区別こそあれ、ほぼ高級官吏としての身分で止住する管理人と配下の者たちがある。城壁のうちに議場や聖堂や王の居城や、それらに付帯する施設の数々が連綿と並んで、南面正門から大聖堂に突き当たる大広場を取り囲んで巨大な馬蹄形《ばていけい》を描いている。それらの施設群の中には、いまも密《ひそ》やかに夕べの残務に立ち働く者の姿があったはずだ。

居並ぶ施設群をどこかで潜り抜けるか、城壁沿いに大きく迂回《うかい》して裏手へ出れば、城内主要施設の北には大聖堂前庭の広場に伍《ご》する広大な植物園と堀に繋《つな》がる溜《た》め池《いけ》が広がっている。これが一ノ谷扇状地のどん詰まりということになるが、最奥の施設と言えばもう一つを数える。すなわち植物園の奥に立った古塔がそれであり、これがいわゆる高い塔《トウッリス・アルティッシマ》であった。

王城の主塔や聖堂の二対の尖塔《せんとう》に比べれば実際はさして高くもないこの塔が、いまなお最も高い《アルティッシマ》と形容されているのは古事《ふるごと》の名残《なごり》であるばかりではなく、ここに収蔵された人知の精髄への崇敬からのことだったが、都の最奥に立つ権謀術数の要たる塔《あららぎ》に対する畏怖や恐懼《きょうく》が瀰漫《びまん》していたことにも一因があったかもしれない。

いまこの図書館の重い二重扉が滑車の軋《きし》みをあげて開きつつあった。

奥の人影は開ききらぬ扉の隙《すき》の向こうで躊躇《ためら》うように佇《たたず》み、垣間見《かいまみ》に外を窺《うかが》っていたが、やがてするりと隙間から抜け出てきた。

まだ若い黒衣の司書は額に手庇《てびさし》で、黒い色眼鏡《いろめがね》の奥の目を細めて東の山塊の明るい稜線《りょうせん》を見上げている。塔も植物園も夕影に入っていたが、まだ西の山並みに傾いた日輪は扇状地の対の東の山嶺《さんれい》には辛《かろ》うじて陽光を届けていたのだ。

司書が塔前庭の石畳に踏み出してくるのに躊躇った素振りがあったのは、陽《ひ》が確かに暮れているかを確かめていたのだった。この若い司書は生来の蒲柳《ほりゅう》の質で陽光のもとに出られないのである。結った白髪《しらかみ》に肌も病的に白く、瞳《ひとみ》すらきわめて薄い灰色だった。図書館のお仕着せの膝《ひざ》まである黒衣と際立った対照があり、じっとしているとまるで大理石の像に服を着せたみたいに見えた。この脆弱《ぜいじゃく》な肌が夏日の直射を浴びるに堪えず、眼鏡なしでは日向《ひなた》を見つめているだけで目の奥が痛むようで顔を上げていられない。だが幸いすでに入り日は山向こうに傾き、前庭から石段を下りていった先の植物園も一帯に山陰に包まれて、まだ残熱が石畳から立ち上がってきたが、夕下風《ゆうしたかぜ》は叢生《そうせい》の糸薄《いとすすき》や荻葦《おぎよし》を揺らしている。

図書館の足元はすでに薄暮の風情で、これに安堵《あんど》したのか病弱《やまいよわ》い司書は溜め息を吐《つ》いて石段をゆっくりと下りていった。手には一綴《つづ》りの紙挟みを携えていた。

植物園の周りでは素馨《そけい》の植え込みが生け垣を作り、城門のように半円を描いた入り口が生け垣迷宮のような径《こみち》へと続いている。じっさい植物園には大聖堂を中心とする城内の主要施設に向かう王道はなく、順路はいずれも横へ逸《そ》れ、脇《わき》へ迂回して、急ぐ者を植物園からなかなか出そうとはしてくれない。その一区画ごとで、まるで異なった国に舞い降りたように植生が変わり、あるところでは多孔質の岩石が積み上げられた築山に平地では見ぬ草木が植わっており、またあるところでは堀から引いた人工の小川がせせらぎ、その際《きわ》に湿地を好む禾《か》本《ほん》科や菖蒲《しょうぶ》属の縁辺植物が集まっている。今、司書が足を向けていたのはちょうどそうした水辺を模《も》した一画だった。

　人工の川の蛇行《だこう》を遊歩道の丸木橋が幾度も横切り、芭蕉葉《ばしょうば》が鬱蒼《うっそう》と生い茂って陰になった先では天然石を組んだ水路の水際にびっしりと苔《こけ》が蔓延《はびこ》り、羊歯《しだ》類が水面を隠している。すっと気温も下がり、ここで司書はまたゆっくりと溜め息を吐いたが、それはここまでの残暑の草いきれに喘《あえ》いでいたというよりは、清冷なこの一画の爽気《そうき》を深呼吸していたのだ。

　芭蕉葉を躱《かわ》すようにやや下った径を続ければ水路は小さな滝を流れ落ちて石造りの池に灌《そそ》ぐ。池には蓮《はす》の葉や布袋葵《ほていあおい》が広がり、蒲《がま》のような抽水植物が水面から葉を擡《もた》げていた。この池の縁に竹で組んだ背凭《せもた》れもない簡素な長椅子《ながいす》が寄せてある。ちょうど池を覗《のぞ》き込むのに良《い》いような場所取りだ。頭上は楓《かえで》と柘榴《ざくろ》の葉叢《はむら》が覆って、池の水面にも僅《わず》かに木漏れ日が届いているばかりだった。

　そして長椅子の上には先客が寝っ転がっていた。

歳《とし》のころは六、七といった童女だった。

干し草の上に横になった農夫のように、仰向けのまま裳袴《もばかま》の中で膝を立てて足を組んで、裸足《はだし》の片足を宙に揺らしている。両腕は腕組みをするように胸の上に畳んで、片方の拳《こぶし》で顎《あご》を支えているような仕草《しぐさ》、そして頭は椅子の上に積んだ二冊の大部な本を枕《まくら》にしていた。目は閉じていたようだが午睡を決め込んでいたわけではあるまい。

「マツリカ様」司書は呼びかけた。

童女は椅子に寝ころんだまま、ぱちりと目を開けたが、司書の方を向きはしなかった。不躾《ぶしつけ》な居所《いどころ》寝《ね》を見咎《みとが》められても驚いた様子も改める様子もない。おそらく足音で人の近づく気配は悟っていたことだろう。

背の高い司書は椅子のすぐ傍《そば》まで進んでいって、頭の上から見下ろして言った。

「ここは涼しいですものね。ご一緒しても？」

そういって長椅子の空いたところを掌《てのひら》で示して許可を得るように屈《かが》むと、その童女――マツリカがささっと手を振った。まるで「とっとと失せろ」とでもいった素振りに見えたが、それは実際には「別にいいけど」と手で言ったのだった。

司書はお仕着せの裾《すそ》を捌《さば》いて膝裏にたぐり、マツリカの頭のすぐ傍に池の方を向いて腰掛けた。

それからマツリカの頭をすっと片手で支えて、下に敷いていた二冊の本をさっと抜き取ると、竹の座面に腰掛けた尻《しり》をずらして童女の頭の下に自分の腿《もも》を滑《すべ》り込《こ》ませた。要は枕の本の代わりに自分の膝枕を差し出したのだ。

マツリカはちょっとぎょっとした顔を見せたが、別に頭の下にあるのが本だろうと、妙齢の女性の腿だろうと構うことではないとでもいうように、むっとした表情を取《と》り繕《つくろ》って司書のするがままに任せていた。

「本を枕にしてはいけません。私の膝ではご不満かもしれませんが」

マツリカは返答をしなかった。この司書――ハルカゼはこうしたマツリカの無表情、無反応にようやく慣れはじめたところだ。というより、それを諦《あきら》めて受け入れはじめたところだった。

ハルカゼは数ヵ月前から図書館に出仕している新任の司書で、図書館の実務に与《あずか》る文官の中では最年少の一人だった。まだ重職を任せられるには足りない新米の身分で、いきおい図書館の中では雑務、端《はし》仕《た》事《しごと》にもっぱら携わっていた。その所為《せい》もあって、図書館にほぼ住んでいると言ってもよい図書館の魔法使いの孫娘、マツリカとはしぜん交渉が密になりがちだったのであるが、新任以来この童女の関心を引き、心根を絆《ほだ》すには至っておらず、もう何ヵ月もまさしく今し方のように冷たくあしらわれ、等閑視されてきた。

ちょっと無遠慮に無視されるぐらいはすっかり慣れっこ……いや、もう先に諦めの境地だった訳だ。もとより古株の図書館員にだって、マツリカに慣れ親しんで友誼《ゆうぎ》を交わすに及んでいる者はろくに無さそうな有り様だった。

マツリカは話さぬ子、そして笑わぬ子だった。

耳は健常だが啞者《あしゃ》であり、そしていかなる屈託を抱えているものか、誰にも心を許している節が無かった。それは肉親である祖父タイキにすらそうであり、祖父に甘える幼女の姿などいっかな見られなかった。まして常住するタイキの私邸――高い塔から王城の裏手に進んだ先にある、いわゆる「離れ」の使用人たちの間でも「難しい方である」という評判に落ち着いているらしく、それは偏屈で無礼で扱いにくい子供のことを精いっぱいの美称に置き換えて「難しい」というほどの形容に落ち着いたものだったのだろう。

唯一、ハルカゼと同時期に離れに呼び寄せられた侍女見習いのイラムという娘一人がマツリカとは頻繁に「話をしている」ということだったが、それはイラムもまた聾啞《ろうあ》であり、マツリカとの意志疎通に手話をもっぱら用いるという特殊な立場に由来していたものだと思われた。

そんなわけで高い塔の魔法使い、タイキの孫は誰にとっても「難しい方」、馴致《じゅんち》の叶《かな》わぬ野馬のごとくに敬して遠ざけられる対象だったというのが実情だった。それでもこの慣れ睦《むつ》ぶに困難な野の獣のような童女が一定の敬畏《けいい》をもって王城の最奥に厚遇を得ていたのにはそれなりの理由があった。それは……図書館員の誰もが崇敬する高い塔の番人タイキの愛孫だったということの影響が大きかったのかもしれない。また早くに両親を失った少女に周囲が深い憐憫《れんびん》を催したということもあったかもしれない。しかしそればかりではなかった。まだ幼いマツリカが離れの書斎や王都最古の図書館に気随《きずい》に出入りすることを許され、それればかりかタイキの配下の図書館先任の司書や連絡員を恣《ほしいまま》に使い立てることをすら黙認されていたのは、この童女が図書館の次代を担うことになるのだろうという予感——いや確信を、誰もが共有していることに拠《よ》っていた。

マツリカは怪物だった。

かかる幼童の身にあってすでに五指を折る諸語に通じ、年齢を考えると尋常を超えた量の書物に溺《おぼ》れていた。特に自然哲学の文献に通暁した司書の一人は、マツリカに千里眼があるのではないかとすら疑っていた。まだ表紙に触れたことすらない科学書の何処《どこ》に何が書かれているかを予《あらかじ》め知っているような素振りがまま見られたからである。地誌の整理に専従する司書は彼女が諸外国に足を踏み入れたことがなく、ほぼ王城の中に閉じこもって暮らしているという事実に戸惑いを感じた。遠く隔絶《かくぜつ》する地の果て海の向こうの有り様や文物を、まるでそこに実地に足を運んだことがあるかのように語るからである。史書史籍の整理を専担する老司書は彼女の幼齢をしばしば失念した。長大で複雑な世の歴史を克明に辿《たど》りつくし、それぞれの国、それぞれの時代に首尾の一貫した経緯を把握して、おのれの精神に世界史の絵巻をありありと繰り広げるためには、普通は永年の修養を要するものだからだ。史書を百冊繙《ひもと》けば百冊分の歴史が頭に入る——そういう風にはいかないものなのだ。ところが問題の童女は、まるで前世の記憶でも残っているがごとくに、さまざまな切り口、多種多様な視角の歴史を脳裏にくっきりと映じているようなのだ。

この本のこの辺りの頁に、確かめたいことの記述が必ずある——そういう予断と先見の力は書物を司《つかさど》る者たちが必ず持つにいたる能力であるが、まるで生来具《そな》えて生まれてきたかのようにマツリカは、その力を振るって見せることがあったのだ。

この天稟《てんぴん》を矯《た》めることがあってはならない、それが図書館の関係者たち全員の共通認識であり、彼らはマツリカの尋常ならざる知識欲に応《こた》えようといっそうの研鑽《けんさん》を強《し》いられてすらいた。

また私邸にあってはタイキの書斎に専用の一隅を設けられ、その所蔵を自家薬籠中《じかやくろうちゅう》の物として扱い、さらには図書館の番人たる老翁の薫陶《くんとう》を得る機会に恵まれ、その異能を日々彫琢《ちょうたく》しつつあるものと見做《みな》されていた。

一言でいえばマツリカは、絶大な期待をかけられ、そして特別扱いされていた。

そして天子や皇孫がしばしばそうであるように、世から彌遠離《いやとおざか》って、王城の古塔に幽隠させられていたのだった。


マツリカは司書の膝枕の上でまた目を閉じていた。

池に落ち込む小さな作滝《さくろう》の水音が絶えず囁《つつ》めいていた。

寝ているのではない。何か考えているようだ。

ハルカゼはマツリカが枕にしていた二冊の本を取りあげて、また溜め息を吐いた。二冊は互いが互いの栞《しおり》になるように噛《か》み合《あ》わせに組んであった。それを解きながら膝の童女を見下ろして呟《つぶや》いた。

「これはいけません」

一方は西大陸の手写本だ。もう一方は東大陸の刊本で活字で印刷されたものだったが、図版は丁替えして銅版画が差し込まれている。とくに手写本の方は、本来なら帯出が禁じられているようなもので、こうして庭園に持ち出して枕にしているなどというのがそもそも不《ふ》料簡《りょうけん》だし、互いの顎に噛みつき合った鰐《わに》の口みたいに二冊を噛ませ合わせるというのも狼《ろう》藉《ぜき》として大概だ。

マツリカは書物の精神を感得することにかけては早くも定評を得ていたが、物理的実質としての書物の意義と価値というものを軽視しがちだった。世界最古と呼ばれる図書館に常《じょう》詰《づ》めしていることが却《かえ》って仇《あだ》になっているのかもしれない。記録というものが本来ならどれほど脆弱であり、たやすく毀《こぼ》たれ、はかなく失われるものであるかを実感として知らないのだ。

この新人司書ハルカゼの専従する部所は法文の蔵であり、日々新しい法文が差し込まれていく不断の新規性を任じている。したがって一財産ものの歴史的な稀覯書《きこうしょ》が犇《ひし》めく棚には縁遠かったのだが、曲がりなりにも資料の管理の司《つかさ》の一人である。

「のどが開いて綴《てい》が緩《ゆる》んでしまいます」

マツリカからの返答はない。もとより言葉を話さない。

だがハルカゼの言葉も、会話を求めてのものというよりは独り言《ひとりごと》に近い抑揚《よくよう》だった。誰かにお小言を言っているという口調でもなかった。ただ事実を陳《の》べただけとでもいうような……。

ハルカゼはマツリカの返答を得ることはだいたい諦めていた。

本を解いたときに、嚙み合わせにしてあった二冊の見開きには、それぞれ図版があった。いずれも星図である。

西大陸の占星術書と、東大陸の暦法書だ。

「星図をお比べになっていたんですね」

返答はないがマツリカは目を開けていた。人工滝の水音を聞くように人の話も聞き流しているみたいだ。

「ずいぶん様子が違うものですね。洋の東西でも変わりなく同じ星を見ているのでしょうか」

当たり前だろうとでもいうように鼻息が鳴った。

「でもどの星とどの星に星座を描き、どの単位に宿《しゅく》を定めるのかはやっぱり違うのでしょうね」

じっさい、二冊の星図はそれぞれまったく異なった図を描いている。そればかりか——星座に選ぶ星が異なるどころか、二枚の星図は星の並びがそもそも違った。司書はしばらく二著を椅子の上に並べて引き比べていたが、やがてぽつりと呟く。

「鏡像になってますね。どちらかが裏返しの図になっている」

マツリカは寝転がった姿勢のまま腕組みを解いて左手の先をさっと振った。何かを応えている。

ハルカゼは図書館に出仕するに当たって手話を覚えはじめたところだった。まだ初学者で、いわば片言しか自由にならない。マツリカと侍女見習いのイラムの手話の遣《や》り取《と》りを目で追うことには困難が多かった。今だって何と言っているのか判《わか》らなかった。それは稀《まれ》な僥倖《ぎょうこう》、マツリカが返事をしたという、めったにない機会だったというのに。

ただ看《み》て取れたのは「上から」という身振りだけだった。それは手話の言葉としても、指示の手振りとしても取れる、まさしく具体的な方向そのものを空間的に表示した身振りだったからだ。

「上から……」

ハルカゼは二著の星図を見比べながら言われたこと、マツリカの言わんとしたことが何だったのかを忖度《そんたく》していた。やがて小さな驚きと共に、ハルカゼは「上から」という言葉の謂《いい》を悟った。

「この東大陸の星図……これは天球を外から見たものなんですね」

西大陸の星図は見上げる天球をそのまま写し取ったものだ。それは頭の上に掲げて天と比べるための図なのである。しかしもう一方の星図——それはたまたま東大陸の月日と方位の吉凶を説いた暦法の書だったのだが、そちらでは星の貼《は》り付いた天球を想定し、それを外側から見たかのように写し取っていたのだった。

「こんな発想もあるんですね」

マツリカの手がまた動きそうな素振りがあったが、今度はなんらの返答ももたらされなかった。どうせ言って分かるまいという態度だった。手話が難しくて理解されないというよりも、説明内容の晦渋《かいじゅう》さが聴き手の理解を超えると判断したような気味が感じられた。ハルカゼも侮られたものである。

しかしあまねく星々の鏤《ちりば》められた天球をひとつの具体物と見て、それを外から観察し、記録しようという発想はハルカゼにはたしかに理解し難かった。ちょっとした奇想であるように思える。なるほどこれが地上の地図ならば、山でも谷でも、その起伏の一切を平面に押しつぶして、上から描き、上から眺《なが》めるのが普通のことだ。だがもっぱら仰ぎ見るしかない天球を星図に押しつぶすにあたって「上から」眺めるという発想はどこから来るのだろう。この暦法の著者や読者の共有する世界観にあっては天球を外から見る視点というのが普通のことなのだろうか。ならば天球の外には何があるのか？

ハルカゼも池の端で静かな滝音を聞き流し、浮かび上がっては水面に輪を作っている観賞魚をぼんやり眺めながら、波紋に揺れる水面に映る夕空とその上の天、この時間にはまだ見えない星々降りやまぬ天球のことを考えていた。それればかりか天の外側に何がある、などという益体《やくたい》もない夢想に耽《ふけ》っていた。

マツリカも天のことを考えていただろうか。あるいは天の外側のことを。

ハルカゼはマツリカにけんもほろろに撥《は》ね返《かえ》され続けて、それにすっかり慣れてしまったように思っていたが、ある意味では「慣れてしまった」のはマツリカの方だったのかもしれない。たとえば今夕のように黙ってハルカゼの膝枕を受け入れているというのは、とかく不あしらいを隠そうとしないマツリカとしてはむしろ稀なことだった。これが余人が相手なら、差し出された膝に頭を付ける暇《いとま》こそあれ、即座に本を取りあげて席を立ってしまっていてもおかしくはなかった。そういう無愛想《ぶあいそう》を控《ひか》える質ではない。

態度にはまったく出していなかったし、伝わっていなくともまったく気にしていなかったが、マツリカがハルカゼに抱いていたのはむしろ好感だった。

ハルカゼは図書館の人員の中では例外的に若く抜擢《ばってき》されたのだった。祖父の手駒《てごま》には高齢のものが多く、マツリカは歳のいった者たちに囲まれて暮らしていた。そのために自然と愛玩《あや》し顔の甘言をもって遇されるか、口うるさくお小言を頂戴《ちょうだい》するかが普通のところで、ハルカゼの恬淡《てんたん》とした物言いは、マツリカにとってはどちらかというと耳障《みみざわ》りでない好ましいものだったのだ。

本を枕にしているなどという図書館の者の逆鱗《げきりん》に触れそうな不作法にも、「タイキ様に叱《しか》られますよ」とか、「これはたいへん高価で貴重なものなのですよ」などという、彼女にとってはどうでもいいことをことさらに告げてくるのがお小言の常道というものだが、ハルカゼの言葉はあっさりしたものだった。

またマツリカが何を気にして二つの天文書を引き比べていたのかにも、すぐに気がついていた。それでいて妙なお世辞を言いつのったり、こちらの関心について訊《き》き質《ただ》したりはしないで済ませている。

このような童女としては度外れて居丈高《いたけだか》で傲慢な話であるが、マツリカはハルカゼのことを「邪魔にならない人だ」というぐらいに判断していたのだった。だから膝枕も甘んじて受け入れた。


「もう日が暮れますね」

天頂は藍《あい》に染まり、西の峰の向こうの明るみも徐々に勢力を弱めている。

どちらともなく池の端の長椅子から立ち上がった。自然な流れでハルカゼが二冊の本を引き受けたので、マツリカは手ぶらで植物園の径を辿りはじめた。高い塔に戻っていくような道筋だが、二人の行く先は図書館ではない。その傍を行き過ぎ、王城裏の北の池を囲む堤に沿っていけば、池の中に浮かんだような北の離れ、図書館の番人の住まいがある。二人はそちらを指していた。

今、高い塔にはタイキが詰めており、昼夜の別なく司書と王宮や海外県との連絡員が出入りして止《や》まない。半月ほど前から高い塔はタイキの号令のもとほとんど不夜城と化し、図書館の一党は蔵書の整理や管理の手を止めて、のべつ幕無しに出入りする連絡員の差配に追われていた。

元老院や王宮からの諮問も囂《かまびす》しく、図書館は海外直轄地や総督府、さらには同盟諸国にまで手を伸ばして、直接の連絡に明け暮れていた。

非常時だったのだ。戦役が近かった。

そんななか、ハルカゼは嵐《あらし》のような激務に巻き込まれることなく、今日も専門の法文の整理に当たっていた。陽のもとに出られないハルカゼは朝の陽が昇る前に登館するので、こうして日が暮れればお役御免になるのだ。病弱な身の上を慮《おもんぱか》っての措置だが、それでも夏期には長い昼日中いっぱいを図書館に詰めていることになるので、優遇措置とはいえ図書館の人使いは荒い。直属の上司にあたる法文官エニスが本来の任を離れてタイキの脇をかため、昼夜兼行の激務が続く図書館地上階の入り口広間を囲う小会議室の一つに詰めていた。そのためハルカゼも新米ながら目下は上階の書庫の狭間《はざま》に自身の裁量のもと執務を遂行していた。

逆に言うと、いま図書館で雑事に追われず上階のどこまでも上に伸びていく書庫に分け入っているのはハルカゼとマツリカぐらいのもので、他の人員はみな入り口広間外陣の小会議室にいるか、王城の中を人捜しに動き回っているか、あるいは城下の議員別邸の多い界隈《かいわい》を駆け回っている。甚だしい例としては、海峡外の南大陸に派遣されて今まさに洋上にあるものさえあった。

この図書館は王立の宮廷図書館などとは違って、その実務の主要な部分は図書資料の収蔵管理や参項調査に留まらず、議会の法務顧問であるとともに、直轄海外県や総督府、さらには同盟都市国家との行政書類の連絡取りまとめ、はては王宮が外交文書を取り交わす際に国家間の法務調整にあたって文面を検《あらた》め内容について輔弼《ほひつ》することにまで及んでいる。法文や行政書類、さらには王宮への奏請から諸外国への国書にいたるまで、責任範囲の大きい重い言葉に関しては、図書館の助言、進言、時には代筆起草までが求められた。成文法を根拠とする法治国家一ノ谷にあって、もって王宮と議会の枢密院と目される所以《ゆえん》である。

しぜん外地の行政府や学林との直接交渉も多く、外交特使に館員が参事補佐として同行することもあり、主だった同盟国では大使公邸に駐留している連絡員すらあった。

要するに高い塔は単に古書稀覯書を蒐集《しゅうしゅう》する文蔵《ふみぐら》としてではなく、海峡地域全域を覆って縦横に張り巡らされた間候《かんこう》の網を掌握している情報収集機関として、内外の政争に隠然と影響力を及ぼしていた。これが図書館の番人タイキが用間の王とされた理由だった。

その図書館が目下の激務に喘いでいるのは、短期的、直接的には南部州の同盟属州における市民軍の反乱を収拾すべく、市民代表の護民官を首長にたてた新政権との交渉の会議が南大陸にあるキュレネで開催されているところだからだ。新政府は一ノ谷の意向のもと属州司令官に付託されていた総督権を否定し、独自路線の新国家の樹立を謳《うた》っている。しかし新国家は海峡部同盟市構想から離反するのは危険と見て、主権の委譲を主張しながらも同盟市構想の首班たる一ノ谷に国家承認と同盟への帰順の継続を求めてきたのである。きわめて単純化すれば、植民地が独立を宣言し、かつ旧宗主国に対して、それでも友邦として扱ってくれと打診してきたということだ。

これは一ノ谷側からみれば多分に虫の好《よ》い主張ということになるが、外交というものは謙譲が美徳であり、控え性が利得に繋がる世界ではない。

もちろんそれに対する反発も自然なことで、じっさい一ノ谷内部では徴税権を手放すというのが大きな問題となり、旧属州に利権をもつ元老院議員からは、即座に国軍を派遣して反乱を鎮圧するという荒療治を主張する声も大きかった。

ところが一ノ谷は国軍派遣を手控《てびか》えなければならない内因が別にあり、南部州新政権の賭《かけ》金《きん》もまたそこに掛かっていた。一ノ谷は王政復古と第二次同盟市戦争の戦後処理以来、あまりにも巨大になってしまった版図を維持するための国費が収支を割っており、直轄領以外の同盟市や属州の自治を奨励する機運にあった。それだからこそ市民軍が宗主国に対する帰属よりは自治意識を強めていたのであり、それが南部州新政権樹立のそもそもの動因となっていた。つまり新政権としては、これが宗主国の本意に適《かな》う仕儀なのだから承認するのが筋ではないかとの論陣を張っており、この落としどころを宗主国が諒《りょう》とするだろうとの判断に賭金を積んでいた。

そして一ノ谷が抱える、より独立した自治形態を望む属州はそこ一つには留まらなかった。一つの属州の不遜《ふそん》を糾正すべく国軍を一度派遣すれば済むという話ではない。同じことは他所でも、そして何度でも起こりうる状勢だったのだ。版図のほぼ全方位にわたって海洋国家一ノ谷は、津波となって押し寄せつつある属州離反の機運に抗《あらが》わなければならない。

だが自治を望む属州の方も立場は複雑である。自治を勝ち取っても、そもそも安全保障や国力を担保していたのが一ノ谷属州としての地位だったのであり、独立を主張したとしてもぎりぎりのところで一ノ谷中央の逆鱗に触れたくはないし、同盟市構想全体からの離反も利を得ない。また属州に大きな利権を持つ者たちには一ノ谷中央との太い紐帯《ちゅうたい》を維持することに利益を見る向きが数多《あまた》あった。

こうした情勢下で、海峡地域同盟市諸州はいずれも、今回の国家承認を求める会議がどういう落としどころに転ぶのかを虎視眈々《こしたんたん》と見つめていた。今後の海峡地域の地政学的状勢がどういった方向に進んでいくのか、大きな前例となると目していたからである。

すでに各所に火種があり、最初の火柱は上がった。

この火を絶やさすことなく南部州は独立をどういう条件のもとに勝ち取ることができるだろうか。それとも一ノ谷中央は強権を振るって鎮火に力を尽くすのか。その場合、自治を望む他州はこの一件をして、学ぶべき教訓、避けるべき轍《わだち》と見做すべきなのか、それともそこで一ノ谷中央に生じるはずの消耗や空隙《くうげき》を自州独立の好機と捉《とら》えるべきなのか。

ことは外政ばかりではない、一ノ谷には内政の対立も緊急で切実な問題として持ち上がっていた。

軍統帥権は王宮にあるが、国家承認の批准も国軍の出動も、一ノ谷の複雑な政治制度上は元老院議会の議決に拘束される。

そしてこの元老院議会そのものが、すでに版図を拡《ひろ》げすぎた一ノ谷同盟市諸州の矮小《わいしょう》な似姿になっていた。つまり植民市や属州、あるいは総督府に利権を繋ぎ、徴税権や代表権を自らの利沢としてきた中央貴族は、もちろん属州の離反を押さえ込み、反乱軍は討伐、厳《げん》誅《ちゅう》すべしとした論調だった。いっぽう属州に勃興《ぼっこう》してきた新興貴族や、あらたに代表権を得た騎士階級からの議員連は、独立承認の方に実利を見る。議会自体が、あたかも分裂しつつある同盟市諸州のように、四分五裂して足並みが揃《そろ》わない。属州離反の機運に引き裂かれる国土と同様に、議会内も分裂して混乱の極みにあった。

王宮からも議会からも、属州諸州の出方を占う諮問が囂しかったのは理の当然で、現今の高い塔の多忙は政策決定のための進言というよりは、こうした中央政界での混乱と騒擾《そうじょう》の収拾を期待されて生じていたものだったのだ。

そして図書館の番人は、議会の混乱に乗じて、ひとつの奇策をこの政争のなかに忍び込ませようと働いていた。

ハルカゼはマツリカから預かった書籍を戻そうと一度図書館に立ち寄った。

マツリカは離れに一人で帰るかと思っていたが、どういった気まぐれからかハルカゼと同道して図書館に入ってきた。だが上階の書庫まではついてくることなく、地上階の入り口近くに留まっていた。

入り口広間近くには資料収受室がある。高い塔は閉架図書館で上階書庫には司書しか出入りしないので、閲覧や借り出しにあたっては収受室越しに資料を受け取ることになる。いわば資料を照会した者の待合室のようなものだが、この部屋が今は暫定的に連絡員待機室になっていた。マツリカはその部屋の外に臨時に並べられた椅子の一つに腰掛けてハルカゼの背中をぼんやり見送っている。

連絡員の中にはマツリカの姿を見知っていない者もあったようで、この図書館に紛《まぎ》れ込んだ童女の姿を訝《いぶか》しんで、不躾にしげしげと眺める視線もあったが、当の本人はまったく気にしていないようだった。

到底図書館に用向きがありそうな年齢には見えないのに、この大人ばかりが闊歩している広間に紛れ込んで不安そうな顔の一つしていない。

ちょっと癖《くせ》のある巻き毛を首筋で切りそろえた断髪で、まるで図書館の司書みたいな黒衣は裳袴が膝まで垂れ落ちており、こうして椅子に腰掛けていると剝《む》き出しになる臑《すね》の下で靴は黒革の短靴、ひとめ貴族家の息女と見えるが、ならばどうしてこんなところにいるのかが周囲には不審である。

ハルカゼが用を済ませて上階の書庫から下りてくると地上階広間にはまだ人の往来が多く、小会議室には幾人もの館員が各地からの連絡の取りまとめに奮闘している。その続きの執務室にはタイキが詰めていることだろう。老翁は今晩は離れに帰宅しないかもしれない。キュレネでの会議の前後に各州がどういう動きを見せるかについて、今まさに八方に手を伸ばして情報収集に掛かっているところだからだ。

黒衣のお仕着せは高級官僚の待遇で執務にあたる館員のもので、その他に右往左往する幾人もの連絡員の姿があるが、大半は資料収受室の内外に集められた椅子に待機している。こちらは正規の館員ではなく、この非常時にとくに徴発がかかって議員連から派遣を受けた人員だが、議会側だってこの機会に図書館の出方を先んじて悟るべく、幾多の間諜《かんちょう》を遣わしてきていることだろう。

ところがタイキはこうした国内の情報戦にはほとんど頓着《とんちゃく》していなかった。それどころか漏れでる情報を調節することで事態を意のままに動かそうとしている節さえ感じられた。人から教えられた事情よりも、自分主導で掠《かす》め取った事実の方を人は容易《たやす》く信じるし、それを自分の見解であると錯誤するものだからだ、という。

こうしたタイキの老獪《ろうかい》には、図書館の末席を汚す立場のハルカゼとしても思うところは大きかった。感心するというよりは、畏れを感じていた。それというのもハルカゼ自身が、まさしく元老院の肝煎《きもい》りで派遣された議員連の間諜という立場だったからだ。

ハルカゼはながらく法文官を輩出してきた家系の出で、特に議会に君臨する建国来の一貴族、ウルハイ家との縁故があった。

すでに触れたように一ノ谷は成文法を重んじる法治主義で、貴族議員連は己の権勢や利益を他所の牽制《けんせい》から守るため、あるいは他所から奪い取るために、立法をもって互いに戦っているのが常である。税制や代表制を自家に便益のあるように左右したい議員連は、時に複雑に体系化された学説彙纂《いさん》を解きほぐす法文官を顧問として重用する。あらたな立法が上位の法や関連法案に抵触すれば、審議を待たずに廃案となることすら多いからだ。

そこでハルカゼの生家では優秀な法曹や法学者を多く育て、建国貴族ウルハイ家の懐《ふところがたな》刀として、その隆盛に功を認められていた。

だから一家では、ハルカゼの生来の病弱は大きな失望をもって受け取られていた。皮肉なことに、この全身が白化した陽のもとに出られない娘は、法文官としては大きな潜在力を持っていたのだった。それなのにウルハイの係累のもとに出向して実務を差配するのが困難な障碍《しょうがい》を負っていた。暗い部屋から出られません、夜しか相談に乗れませんというのでは、議員お抱えの法務顧問としてはいかにも頼りないではないか。これが一家の遺憾とするところで、それを恥と決めつけた家族すらあった。

そこでハルカゼは出仕の先を見つけられないでいたところに、ウルハイ家からちょっと奇妙な仕官の打診があったのだ。それが高い塔に法文専従の司書として所属するという裏面工作だった。つまりウルハイ家一党との繋がりを密かに保《たも》ったまま図書館に間諜として入り込み、必要に応じて情報を融通するというのが、ハルカゼに課せられた密命だった。

ハルカゼは出仕を受け入れて図書館に詰めることになった。そればかりか、日の出、日の入りの前後に登退館する都合上、城下に住居を求めるのではなく、タイキやマツリカが住まう離れに寄寓《きぐう》することになった。ウルハイ家一党にとっては願ってもない、窺見《うかみ》の身にはこの上なく好都合な厚遇を得ることになったが、これにはハルカゼは複雑な心境にならざるを得なかった。あの図書館の番人が、自分がウルハイ家と紐《ひも》付《つ》きの議会筋の間諜であることに気がついていないとは到底思えなかったからだ。それと知って看過しているとしか思えなかった。

だからどことなく居心地の悪い感じが晴れなかったし、離れで自分のことを家族のように遇してくれる住み込みの者たちとも、仕事には厳しいが概《おおむ》ね新米に親切だった図書館の先任者たちとも、どこか心理的な距離が縮められないでいた。

ハルカゼは収受室の前の椅子で連絡員に並んで椅子に腰掛けているマツリカを見とがめた。

周りの連絡員は黙って座っている迷子のような娘に困惑して、しかし事情を量りかねて声も掛けられないでいるようだ。その姿をみてハルカゼの鼻の奥でちょっと可笑《おか》しみがうずいた。

「マツリカ様、お待たせしましたか」

ハルカゼが掛けた言葉にちょっと周囲の緊張が和らいでいた。その闖入者《ちんにゅうしゃ》に連れがあったこと、それを待っていたことが分かって胸の支《つか》えが取れたのだろう。だからこの娘はきょろきょろ周りを窺ったりはせずに、ただ黙って座っていたのか、人を待っていたんだな、妙に落ち着いていると思った。

その一方でマツリカという名前に身を固くした者もあり、それは図書館の番人の孫の名を仄《そく》聞《ぶん》していたことがあったからだ。タイキ様の孫？　それは危なかった、お嬢ちゃん迷子かい、などと気を利かせて声掛けしていたら、とんだ不調法な場面を演出することになっただろう。

そう、タイキの孫が話さないということばかりは、面識のない関係者にも伝わっている話だったのだ。

ハルカゼがマツリカの手をとって、図書館の出口へと招くと後ろから声が掛かった。

「ハルカゼ、今日はもう下がったのじゃなかった？」

小会議室から出てきたのは上司のエニスである。歳のころはタイキと同じぐらいだろうか、年嵩《としかさ》のものの多いタイキの配下の中でも長老格の女傑で、女性としては長身なハルカゼと同じぐらいの上背があって、腰も真《ま》っ直《す》ぐなので図書館員のなかでも一頭地を抜いて目立つ。細面には歳相応の皺《しわ》が刻まれ、髪も白く褪《あ》せていたが、いちいちの立ち居振るまいは活力に満ちており、体力的には若朽《じゃっきゅう》の憾《うら》みのあるハルカゼよりむしろ潑剌《はつらつ》としている。

しかし今夕のエニスの目元にはさすがに疲れが滲《にじ》み出ていた。加齢に拠るものではなく、今般の激務のせいだろう。薄く隈《くま》がかかっていたし、心なしか皺も増えたように見える。

「ちょっとマツリカ様のお遣いで」

エニスはマツリカに屈みこんで済まなそうに微笑《ほほえ》んだ。

「マツリカ様、今宵《こよい》ももう少しお爺様《じいさま》はお借りすることになりますね、お詫《わ》び申し上げます」

マツリカはまた例の「別にいい」といった素振りを見せた。

「お忙しいのですね。先に下がらせていただいて恐縮です」

ハルカゼの返答に応える暇もあらばこそ、エニスは連絡員の一人となにか麻布で包んだ細長い荷物を受けわたしていた。城下のとある界隈へ遣いを出している。包みの一部を開いて見せると、そこに入っていたのは水牛の角のように見えた。ゆるく彎曲《わんきょく》した先は尖《とが》ってはおらず削ってある。エニスはその部分を指でつついて連絡員に何事かを指示していた。

遣いに出す先は雛壇状をなす一ノ谷では四段目と呼びならわされた商家の集まる界隈で、通りの名は家具屋が軒を並べている一画だった。なにか椅子の背凭れの修繕でも頼もうというのだろうか。

それからもう一人の連絡員から書簡を受け取り、その男にはタイキのもとへと同道を命じた。タイキはまだ小会議室の奥の執務の間に籠《こ》もっているようだ。

去りぎわに振り返ってハルカゼに目配せをして言う。

「上はしばらく任せるから」

忙しそうだった。彼女は上司としても要求する水準が高かったが、いまは優先事項が他にあって、法文についての諮問に応えるに新任のハルカゼに任せるに如《し》くはなかったというところだろう。

館員の多くは三交代で、今や広間には常在誰かが詰めている有り様だ。それにしても驚かされるのは老翁タイキの精力で、何時休んでいるのか、彼こそ終日図書館に住んでいるような具合になっていた。


図書館を出て前庭の石畳を踏みながら、だいぶ暗くなってきた夕空を二人がふと見上げると、天頂近くに早くも星の輝きがあった。

「一番星ですね」

ハルカゼがそう言うと、マツリカは首をふって西の空、西の山塊の方を指さした。そしてささっとまた手を振ったが、ハルカゼは意味を取ることができなかった。ちょっと考えてはたと気がついた。

「そうか、一番星はもっと前に西に出ていたはずですね。夕日に伴ってもう山の向こうに沈んでしまったけれど」

今宵の一番星は太陽に遅れることしばし西の空に傾き、すでに山塊の彼方《かなた》に見えなかった。だが数えるならばその惑星が一番に光っていたことだろう。城下の港からならばこの時間でもまだ見えていたかもしれない。

この歳にしてこの明察、現に見えないものまでを見ている。

ハルカゼはいちいちマツリカの言っていることを聞き逃しているような具合で不甲斐《ふがい》なかった。だがなにしろマツリカの手話は素早くって素っ気《そけ》ないのだ。手話に慣れないことならタイキもマツリカを預かるようになって年が浅いのだが、彼ならばマツリカの言葉を即座に聴き取っていたことだろう。手話を見とる業の巧拙に拘《かか》わらず、そもそも万事に寄せる理解の深さと早さが違う。自分にもそれだけの能力があれば、もっとマツリカのことも深く、早く理解できるのであろうに、どうにも不面目でならない。

残念ながら、マツリカの方としてはハルカゼはわりに理解が早いなと認めていることは、ハルカゼには伝わってはいなかった。

「タイキ様はまだ執務室に詰めておられるようですね」

マツリカは、爺さんは狭い所が好きだからといったほどのことを応えたが、ハルカゼには伝わらない。だがハルカゼは口元を押さえて少し笑いを噛み殺していた。

「なにか悪いことをおっしゃったんでしょう?」

余人にはあれほど畏れられ崇敬されているタイキに対して示す敬意というものが、マツリカには全く見られない。いまやたった一人の肉親だというのに、どうも孫子の情愛なるものすら欠いているようにすら見える。

「エニスも済まながっていましたけれど……お会いになるなら私がいつでも取り継ぎますから」

例の「別にいい」が左手にひらめいた。

二人は王宮裏の池の端の堤に歩を進めた。

「エニスが言《こと》づけていたあの水牛の角みたいなの……あれ何だったんでしょうね」

マツリカの答えは分からなかった。だが何事かを手話で答えていた。ハルカゼの無理解を横目でちらりと眺めると、嚙んで含めるように、今度は手話ばかりではなく、もっと具体的な身振りで示した。

「弓……弓ですか」

マツリカは、鼻をならして目を背けた。

それは半分ぐらいは正解だ。そんなところでいいかと問答を打ち切ってしまった。

マツリカが言っていたのは本当は「あれは弩弓《どきゅう》の弓の部分」ということだったのだ。

図書館の執務室の戸を叩《たた》くと、エニスは挨拶《あいさつ》なしに戸を開けて入っていった。連絡員と家具職人を伴っていた。

「タイキ様、連れてきました」

それは執務室とは名ばかりの、会議室の続きの控えの間である。せまい納戸のような部屋で、なるほど「狭い所」には違いない。

大きな衝羽根樫《つくばねがし》の机が置かれれば、あとは椅子をきちんと机下に納めなければ、周りを歩いて回ることもできないほどの狭さだった。机の上には油坏《あぶらつき》が灯り、それから数十の書簡が、まるで相互に比較検討されているように円陣に並べられている。それから樫の机の向こうの壁際に鋲《びょう》を打った皮革の長椅子があり、老翁タイキは背凭れにいくつも座布団を重ねて、壁につけたその長椅子に半跏《はんか》で座っていた。

タイキは大樹の謂だが、図書館の番人はその名にし負う大人《たいじん》で、それは人格ばかりでなく体軀《たいく》においても言われうることだった。王都を代表する文官の長の一人であるが、胸板は樵《きこり》のように厚く、老境にあってなお健脚剛腕を誇るが、さすがに今般の激務にやつれた風情があった。

ほぼ禿頭《とくとう》で往時にはマツリカ同様だったのだろう生来の巻き毛はすっかり白んで、耳の上と後頭部にしか残っていない。その代わりにという訳ではないが、もみ上げから顎が白髭《しらひげ》に包まれていた。

彼の容貌《ようぼう》の顕著な特徴はその張り出した額であり、禿頭と相俟《あいま》って高い塔の番人の博覧強記を支えているのが、この前頭容積だと噂《うわさ》されている。

そしてその額の下の落ちくぼんだ濃い茶の瞳は、己の思い巡らしをことごとく看破しつつあるだろうと、誰もが畏れ控えて止まない眼光を湛《たた》えていた。眉《まゆ》も濃いが白髪で、片方の眉には旋毛《つむじ》があるため、眉尻が犀《さい》の角のように跳ね上がって、そこは戯画に描く鬼の眉のようだ。図書館の黒衣は畝織《うねお》りの別珍《べっちん》だが、すでにタイキの着衣は肘《ひじ》や肩口がてらてらと磨《す》れ光っていて、襟元に覗く白肌着も垢染《あかじ》みて黄ばんでいる。だがいま図書館の領袖《りょうしゅう》の身嗜《みだしなみ》を諫《いさ》めるべき人員は、いずれも棟梁《とうりょう》同様に有り姿をもて窶《やつ》していた。

タイキの他に執務室に待って同席していたのは他に四名あった。

一人は永らく海峡南部に出向していた善隣外交特使ロワンである。まだ若いが黒々とした髭面で、彫りの深い白い肌は西大陸北方《ほっぽう》の系統だ。彼は一ノ谷政界では図書館に近しい有力者として議会筋から注目……というより警戒されていた。図書館とロワンの結びつきについてはまた別に語るべき経緯があったが、中央政界ではとかく近づき難く思われている図書館の中枢に、二流筋の貴族閥族の係累に属するこのロワンがことのほか目溢《めこぼ》しを得て接近しているということに、何らかの縁由なり情実なりが介在しているはずだと思われていた。一言でいえばロワンは何らかの理由で、図書館に贔屓《ひいき》されていると見られていたのである。

二人目は特に目立たぬなりの中背の壮年の男で、裁《た》っ着《つ》け袴に東方風の絹袷《きぬあわせ》、その上に図書館のお仕着せの黒衣を羽織《はおり》のように引っかけていた。手元には緩く曲がった黒檀《こくたん》の杖《つえ》を携えており、風体からすると東方文化の属州から戻ってきたばかりの連絡員の一人と見える。日に焼けた肌で黒髪を後ろに結っていた。

三人目は、こちらも東方風の風体だが、こちらの身元を知らないものは図書館にはいない。元ニザマ図書寮《ずしょりょう》の博士、丘《きゅう》老師である。四人目にあたる彼の秘書官が並んで座っている。

丘博士は室内での着帽が無礼とされる一ノ谷でも、例外的に頭巾《ずきん》と目覆いの着用を咎められることのない人物だった。

ニザマという帝政の国家は海峡地域の北方同盟の雄であり、全海峡地域の同盟市構想にあっては一ノ谷と影響力を二分する大国、一ノ谷の潜在的な敵国であり、激しい競合関係にある国の一つである。

海峡南部の東岸に位置する一ノ谷とは対照的に、ニザマは海峡北の西岸に位置する。ことごとく一ノ谷とは対照的な国家だった。

一ノ谷はもとは西方に広大な領土を誇った旧帝国の落とし種である。かたや海峡西岸のニザマは東大陸王朝の権勢が両大陸に及んだときに海峡に地歩を築き、親王朝が衰退してなお依然として東方王朝の後胤《こういん》に額衝《ぬかず》いている。いまや東大陸文化の正統の一をもって任ずる国家であった。

海峡地域に限って言えば、西岸に東方文化の牙城《がじょう》が有り、東岸に西方文化の大旗がはためくという、地政と歴史の皮肉がそこにあった。それも東西の両大陸を結び、南北の大海を扼《やく》すという海峡地域の特殊な地理条件の所産である。先史時代から、およそ移動する民族部族がある限り、両大陸を股《また》にかけて移動する人間たちは、陸路を辿っても海路を選んでも、きっとこの海峡地域を経由してきた。

そして海峡地域に勃興しては衰退した数々の都市国家や王朝のなかで、今日まで存続し、同盟市の二雄とされているのが海峡南部の一ノ谷と、海峡北方のニザマだったのである。

ところで一ノ谷とニザマは、その出自となる代表する文明圏が異なり、文化文物には大きな差違があったが一つ共通する点がある。文字文化の伝統、伝承が歴史に辿れる限り遠い起源にまで遡りうるニザマは、一ノ谷の高い塔にも比肩する歴史ある文蔵を持っていた。ニザマ中原の首府に座する図書寮である。

ニザマの政《まつりごと》は過酷な殿試により選抜登用された高級官僚が差配する、高度に組織化された官僚制によって遂行されており、ながらく政治の実権は国家護持の精神的な求心力を担う帝室の手を離れ、海峡地域に名高い宦官《かんがん》宰相、中書令ミツクビとその配下の官僚閥に掌握されていた。

その中書令ミツクビも翰林院《かんりんいん》の図書寮が出所だった。ニザマでは正史を編纂《へんさん》する翰林院が最高位の高官の出仕先であり、詔書の起草すらまた翰林の学士の手になる。天帝からの詔命さえもが必ず翰林を経由して齎されるということで、大国ニザマの政治的裁可のほぼ全般を左右する威勢と権柄を把持していた。現在その頂点に立つのは中書令ミツクビであり、彼は驚くべき長命で、じつに皇統三世代にわたって三省六部を宰領して、その地位を保ち続けている。すでに百年近くを宮廷に居座り、ニザマ政界に暗躍する中書令は狭義の翰林院からは離れて久しい。しかし本来ならば政道とは独立に天道を説き、学術の神髄に触れ、歴史の真実に迫り、官僚の専横あらば掣肘《せいちゅう》を加えるべき立場だった図書寮は、依然として中書令の権勢の支配下にあった。それは中書省が翰林院、図書寮を管轄しているという組織上、人事上の支配に留まらず、中書令の布《し》く恐怖政治が図書寮の精神をもほぼ完全に捕縛していたのである。ひとたび翰林院からの牽制が政道への干犯と見做され中書令の逆鱗に触れれば、国家随一の選良といえどもたちまち厳しい処断の対象となる。

その一つの例が丘博士の身の上だった。

丘博士は翰林院の重職の一人であり、かつてある事情で中書令の意向に楯突《たてつ》き、地位を追われ苛烈な身体刑を科せられた。

その丘博士を救援し、身柄《みがら》をほぼ略取するような形で国外に連れだしたのは、ニザマ図書寮と学術上の交際があり、隠然とした誼《よし》みを結んでいた一ノ谷の図書館だったのである。互いに仮想敵国の関係にある二国ではあったが、両国の文蔵は研究員や文献整理の職能者の交換を依然として定期的に行っていた。そしてある年に、一ノ谷は招聘《しょうへい》した研究員とともに、病褥《びょうじょく》に臥《ふ》して事実上軟禁されていた丘博士を秘密裏に救抜していたのだった。この年には一ノ谷側からの研究員の交換派遣は反故《ほご》にされ、さらにすでに留学中だった出向者たちも軒並み、さまざまな口実のもとに一ノ谷本国に引き揚げさせられていた。彼らが人質となることを忌避したのである。

もちろんニザマ方からは厳しい非難があり、「罪人」の身柄返還を求める最も強い形式の要求が寄せられたが、このとき一ノ谷元老院は図書館の越権行為を弾劾《だんがい》して外交上の失策を雪《すす》ぐことをよしとせず、公然と丘博士の身柄を確保し続けた。かくして民間外交、学術協力関係もいっさい途絶えることとなり、両国の関係は一触即発の危機を迎えるまでに悪化していた。

丘博士が刑死寸前の容体から漸次回復するまでの間は、その身柄は城下に病院を開いていた西方教会の預かりとなり、その後は顧問として高い塔に招かれることになった。

元来、絶大な権力を持つ中書令に敢然と逆らった気骨の持ち主である。亡命者としての立場、生国では売国奴と公然と罵《ののし》られていることも、狷介孤高《けんかいここう》な博士の気宇を削《そ》ぐことがなかった。横道《おうどう》に逸れた故国が不埒《ふらち》と自分を評するなら、正道はむしろ我にありと広言して、図書館の顧問として秘書官を付けられ、図書館ばかりか王宮や議会の諮詢《しじゅん》に応じることとなった。彼にとってはそれは売国行為ではないどころか、生国の正道を回復するための畢生《ひっせい》の残務だったのだ。

特に専任の秘書官を付けられたのは、このとき、彼が盲目だったからである。

正式に図書館の顧問に就任したとき、初めて関係者の前に姿を現した丘博士は、自らの着帽を一度だけ詫びた。そして居並ぶ一同の前で、着帽の理由を簡単に次のごとく説明した。

私《わたくし》が着帽し、目を覆っているのは、その下の容貌が著《いちじる》しく醜怪《しゅうかい》で、恐懼を及ぼすものであるからだ。

私は常々、中央政界における中書令及び配下の中常侍一党の専横に警戒すること一通りでなく、ある尚書に捺《お》された国璽《こくじ》について、それは真《まこと》に国璽の印影であるかどうか、ニザマ皇帝、主上陛下本人の手で捺されたものであるかどうか、確認すべしと主張した。尚書の内容と起草の時期に関して、それが皇帝不在の時ところに捏造《でつぞう》されたものとの確信があったからである。そもそも中書令が己の恣意《しい》によって詔命を僭《せん》しているのではないかというのは、私がかねがね抱いていた宿疑だった。その僭踰《せんゆ》をかかる決定的な瞬間に指弾したものだったが、印璽と印影の照合の結果として国璽は真正との鑑定がつき、右の論難は中書令に対する不当な弾劾であり、許されざる讒謗《ざんぼう》であるとされた。

中書令ミックビは「真正の国璽に見《まみ》え、偽造を疑う節木穴《ふしきあな》。その両目《りょうもく》に用途無し」と言い放ち、私は即座に捕縛され刑部《けいぶ》に引っ立てられて、顔面ともども両目を焼かれた。最後に見たものは坩堝《るつぼ》に沸き立つ鉛であった。

かくのごとく顔面を焼かれ、両眼を潰《つぶ》されたが、この傷痍《しょうい》を私は恥とはしない。ただ余人に不愉快を催すことを恐れるので常に着帽し、目を覆うこととしている。

この話を私の口から伝えるのは今の一度限りとしたい。この話は誰に伝えても構わないから、よろしく周知願いたい。私は二度とこの話をしたくない。

この丘博士がニザマの褒衣《ほうい》に身を包み、図書館から付けられた秘書官と並んで、タイキと卓に正対して座っていた。両手は揖譲《ゆうじょう》に組んで腹に付けている。彼の前に並んでいる書類を読む際には秘書官が代わって音読するのだ。

「法文官のエニスです。仰せ付けの家具職人を連れて参りました」

既知の者たちばかりなのに入室にあたって名乗ったのは丘博士が盲《めしい》の身だからだ。エニスは家具職人を引き立てて一座に紹介し、着席を願った。

しかつめらしく緊張をあらわにして椅子に腰掛けた家具職人は、これまでにも王城に入ったことはあったが、このように奥の院の高い塔に連れてこられたのは初めてで、まして出入りの職人としてではなく賓客として招かれていることに恐縮していた。彼がかつて職能を提供したのは王属の住居部の方で、この職人は高級な揺り椅子や揺《ゆ》り籠《かご》を納品に来たことがあったのだ。家具指物の職人の中でも、彼が術理を誇っていたのは木材の綰物《わげもの》細工である。それも食器のような小さなものではなく、もっと大きな家具の部材を曲物《まげもの》加工で拵《こしら》えるのが仕事だった。曲物というのは薄い板状の材を蒸気に曝《さら》して軟化させ、型枠に嵌《は》めて何枚も曲げ重ねては順次接着していき、そして大きな円弧をなした部材に作っていく工法のことだ。円弧に歪《ゆが》みがなく、適度な弾力があり、それで確かな剛性を兼ね備えた部材——たとえば揺り椅子や揺り籠の脚の下部をつなぐ弓形の材などに用いられる。そうした特殊な用途の合板を拵える職人が呼び出されていたのだった。

職人が携えてきた見本の品と、それから例の水牛の角——弩弓の弓とが差し出され、それを卓についていたロワンが中継して、タイキの前に押し出された。ロワンの前に置いてあった竹編みの行李《こうり》の横をかわして、問題の二本の木材がごろりと机上に置かれたときに、丘博士が秘書官の方に振り向いた。秘書官は言いよどむ。

「弓と……これは……何ですか?」

老博士の目代わりの秘書官は東方文献専従の図書館員で、いまや丘博士の弟子とも言えたがニザマの風俗や戦史には通じていても家具の部材のことなど知らない。

家具職人が「これは揺り椅子の弓です」と説明した。

「なるほどそれもまた『弓』というのですね。それも合板を貼り合わせて作るのですか。材木を削りだすのではなく?」

丘博士の脳内には弩弓の弓とならんだ揺り椅子の弓が、ありありと思い浮かんでいたのだろう。

家具職人はちょっと言い辛《づら》そうにしていたが、ロワンが気を利かせて呼び水を流してやろうとする。つまり職人はこうした場面で何か説明する言葉を見つけるのに苦労しているのだ。

「親父《おやじ》さん、こんな時間に呼びつけちゃって済まなかったな。あんたみたいな専門家に聞きたいことがあったんだ。こっちが教えてもらう立場なんだから、そんなに鯱《しゃちほこ》張ることはないんだよ。いつも下働きの者に言っているみたいに言ってくれればいい。時に、もう夕飯にしようってところを連れてきちゃったんだろう、これ召し上がるかい？」

ロワンが目の前の行李に掛けてあった布巾《ふきん》を持ち上げると、行李の中から湯気が上がった。

「ちょうど今届いたところなんだ」

そういって筍《たけのこ》の皮につつまれた蒸《む》し饅頭《まんじゅう》を幾つか取りだした。城下の露店で販《ひさ》いでいる、強力粉《きょうりきこ》を練ったのし皮で餡《あん》を包んで蒸したものだった。

「気兼ねなく取ってくれないか。話も食べながらで良いんだ。様子を見てきたろう？ここはもう戦場みたいなものなんだから、礼儀作法を言う場所じゃない。この際、飯なんか何しながら喰《く》っちまう方が立派な振る舞いってことになるんだよ」

「はあ、私どもの方でも無理な納期に間に合わせようって話ですと、飯も立って喰うってことがありますが……」

なるほど王室御用達《ごようたし》の家具職人だ、時には無茶な注文もあったものなのだろう。

ロワンは竹皮包みを二個ほど職人に押し付けてから、丘博士と秘書官、タイキ老やエニスにも包みを差し出して回った。エニスの後ろの連絡員も饅頭を手渡されて恐縮している。エニスがふと室内を見回すと、さきの引っ詰め髪の絹袷の男の姿が無かった。

まだ熱いぐらいの饅頭に先陣を切ってロワンがかぶりつく。中味の餡は、挽《ひ》いて炒《いた》めた羊肉を丸く纏《まと》めたものだった。葱《ねぎ》、韮《にら》、人参《にんじん》に若竹までが甘辛に炊《た》き寄《よ》せてあり、茸《きのこ》の他に生姜《しょうが》や大蒜《にんにく》が薬味に刻まれている。少し辛味も感じられたのは蕃椒《とうがらし》だろう。竹皮包みの中の饅頭はかぶりつけば中からさらに熱い湯気が立って、ちょっと一口を大きく頰《ほお》張《ば》りすぎたロワンは口の中に籠もった熱気を逃しかねて、尖らせた唇《くちびる》から息を噴いている。

いつ戻ってきたものなのか、件《くだん》の黒髪を結った男が音もなく後ろにいる。エニスはちょっと驚いたが、杖は腰ひもに差し、空いた両手に土瓶《どびん》と茶器を携えているのを見て、その気の利きように納得した。饅頭を城外に求めてきた離れの小間使いが、合わせて茶の用意を持ち込んでいたものだろう。エニスは机の上の書簡をさっと取りまとめて場所を作る。それら書簡はタイキが引き取って長椅子の空いた所に移した。

音もなく茶器が机の上にならんで、茶が注がれた。こちらもまた湯気が立つ熱い茶だ。男は茶を注ぎきると土瓶と共にまた音もなく下がっていった。この男にエニスは面識が無かったが、ただの連絡員ではないなと思った。この男が茶を取りに立ったのはロワンが職人に蒸し饅頭を勧める前だった。気が利くのはお茶が要ると判断したところではない、ロワンが饅頭を勧めると先んじて見ていたところだ。職人が緊張しているので、ロワンが梃入《てこい》れに場を和ませようと一芝居講じると予期していた。タイキやロワンとは特に話もしていなかったが、恐らく三人は旧知のもので、それも相当の訳知りだと分かる。

茶が配られ、丘博士には「こちらに」と告げながら、秘書官が意図して茶器を置く音をたてた。茶碗《ちゃわん》の場所を知らせたのだ。それでエニスは気がついたのだが、例の黒髪の男は茶器を並べるのにも、茶を注ぐのにもまったく音を立てなかった。茶を点《た》てるのが本職という訳でもあるまいに、王宮の侍女長でも文句の付けようもない自然で淀《よど》みない所作だったのだ。

エニスは密やかに音を立てずに神出鬼没するこの男の身の上に思い当たることがあった。彼はタイキの腹心の部下、古馴染《ふるなじ》みの窺見に違いない。この期《ご》に及び、取って置きの手練《てだ》れを呼び寄せていたものではないだろうか。タイキとは付き合いの長い、図書館では古株のエニスにすら知られぬ顔を、図書館の番人は幾つも持っているようなのだ。

さりげなく執務室の戸口の方を窺っていると、男はこつこつと静かに杖音を立てて、戻ってきた。男が入ってくるのをエニスがじっと見ているのに気づくと、ちょっと照れ臭そうに――いやきまり悪そうに会釈している。

エニスは密かに頷《うなず》いた。間違いない。その神出鬼没、静かな起ち居《たい》に、エニスが却って目を留《と》めて、いささか驚いていることに先方も気がついたので、もっと自然を装って控えめに音を立てるように心がけたのだ。

「親父さん、これ食べたことあったかい?」

ロワンは口にまた一口を頬張ったまま、ふがふがと蒸気を噴きだしながら訊いた。なかなかの役者である。なるほど若い身空で遠い南大陸に出向し、特使として成果を挙げてくるにあたっては、こうして市井の人の心に食い込んでいくための芸が必須《ひっす》となるのだろう。職人の方は口の中のものはなんとか呑《の》み込んで、茶を一口すすってから答える。

「港の方の露店のもんですね。よく喰ってますよ。城内の方も……召し上がるとは知らなかったけど」

「丘老師はどうですか、これは」

「懐《なつ》かしいですね。お気遣《きづか》いに感謝します」

この饅頭は東方風の一品だった。一ノ谷城下には洋の東西の惣菜《そうざい》が溢《あふ》れている。生国を追われた亡命者も同然の立場に身を窶しながらも、故国の文化に今なお誇りを持っていることは、この一ノ谷でも衰衣を保っていることからもよく分かる。正道に戻りさえすればニザマの文化文物は世に誇るべきものなのだ。じっさい丘博士は一ノ谷の博士や文人、あるいは司書や筆耕にむけて、ニザマの古典を講じるにあたってもその精神、その美学の高邁《こうまい》さを滔々《とうとう》と論じて止まなかった。

「それで、その揺り椅子の弓だが……木を削って作るのじゃないんだな」

ロワンは丘博士の言を引き取って、先を促《うなが》した。

「ええ、それでも良いんですが……しっかり作ってあればね。座って動かすものですから、脚と弓の嵌《は》め合《あわせ》がしっかりしてなきゃいけません」

「そりゃそうだな、わざとぎこぎこ揺するもんなんだから。緩みがあったら止めどなく緩んできちまう」

「お偉いさんはお子さんに木馬なんかもご用命がありますが、あれもおんなじで……それで最高の品ってことになりますと、こうぐっと傾けたときにね、最後のところでぐっと柔らかく踏ん張ってくれなきゃいけない。固い材で作ると最後のところで踏ん張らないで、どうかすっとそのまんま倒れっちまうから……」

「なるほどな、曲物の弓ならぐっと撓《たわ》んで踏ん張ってくれるわけだ。お偉いさんのお子さんだって、無茶はするだろうからな。だから木馬や揺り籠だって、頑丈な上にも弓に弾力が要るってことだな。それで合板にするのか」

「曲物は曲がって踏ん張るから」

「なるほど、それはまさしく弓に他ならない」丘博士も頷いている。

「それでこれなんですが……」と職人は図書館持ちこみの弩弓の弓を指して言う。「これもおんなじでさ。この表面の水牛の角は芯《しん》を抜いて皮だけ取って貼り付けてあるもんです。飾りです」

「角の弾力を使うって話じゃないのか」

「角に弾力なんかありませんよ。これ本体は角じゃありません。ここのあたり」と彎曲部の裏側に指を沿わせる。「これは曲物です。何層貼ってあるかは削ってみなきゃわかりませんがね。でもこれが弓なんですか？　弓矢の弓？」

ちょっと職人の方が怪しいことを言いだした。物言いが単純で要領を得なかったが、一座のものはだいたい言わんとすることに見当がついた。つまり自分が見本として出したのは揺り椅子の弓に違いないが、図書館が鑑定を持ち込んだ弩弓の弓――それは「狭義の弓」、つまり矢を飛ばす武具としての弓とは思えないと言っているのだ。

「ああ、これはニザマの弓なんだが、どうしてだい？」

「だって手じゃ引けませんよ。曲物は撓むって言ったって、大の大人が全身乗っけて踏んづけたって、ちょっと撓んで戻っちまうようなもんです。こんな曲物で弓矢の弓なんて作っても……矢が飛びゃしない」

「ニザマの弩《いしゆみ》――弩弓ってやつで、これは手で引くもんじゃないんだよ。こうやる奴《やつ》じゃない」

そういってロワンは弓を引く仕草をして見せた。つまり半身に構えて身体の横で縦に構えた長弓の弦《つる》を肘を張って引く仕草だ。それから弩弓の弓を取りあげる。

「こっちは丁字の定規みたいに、柱の先にこの弓を横に寝かせて付けて、弦は……仰せのとおりさ、手じゃ引けない。金爪《かなづめ》のついた梃子《てこ》の補助具で引くんだよ」

「そういうのがあるんですか。ニザマの弓？」

丘博士が茶を手にしたまま頷いて言う。

「海峡地域でも西大陸全域では立てた弓弦《ゆづる》を引く長弓が多いですね。ニザマにもむろん長弓はありますが、大軍に弩弓の兵を並べるという風がある」

「これはばらして弓だけ密輸してきたものなんだ。本当はこれを据える台がある」

「ニザマから……？」

職人も合点《がてん》がいったようである。これは物騒《ぶっそう》な話なのだ。市井の民も近づく戦乱の予感を持っている。ひとたび火の手があがるなら、それが何処から始まるものだとしても、追い追い戦火を交わすべき相手がニザマとなるだろう。

「どうして違いができたんでしょうかね」とロワンは素朴な訊き方をした。丘博士は簡単に答える。

「戦場《いくさば》の様子に違いがあるからでしょう。それに弓兵というものについての考え方が違うのですよ」

「弓兵というもの？」

ちょっと慮外《りょがい》の論点が出てきて、ロワンは戸惑っている。

「長弓は剛強な弓取りのとるものです。対して弩は雑兵《ぞうひょう》に与えるものです」

タイキがなるほどというように髭をこすって聞いていた。

「長弓の力は弓取りの腕前に大きく左右されるでしょう。矢を早く飛ばそう、遠くまで飛ばそうというなら、弓が強くなければならず、しぜん弓はさらに長くなるし、弦はさらに重くなる。弓弦を引く腕も長く太くなければなりません。また番《つが》えた矢をひとたび放ち得ても、狙《ねら》いが正しくなければならない。下手《へた》げな腕では中《あ》たりません。つまり長弓は剛腕の大丈夫が取るに向くものですし、的を違えぬ巧緻《こうち》をも要します」

「ニザマでも弓に強ければ剛の者ですか」

「そうです。弓を取って卓出するなら一端《いっぱし》の武人です。かたや弩は矢が番えてさえあれば子供の手でも射に不足はない。山なりに射交わす長弓と異なり、射放った矢筋が平らかですから射芸も要しない。真っ直ぐ狙いをつければよいのです。雑兵にも射ることができて、しかも中てるに易《やす》い。威力も絶大です。童子が放った弩弓の矢が鍋《なべ》ぐらい簡単に貫《つらぬ》きます」

「それじゃ、この弩って奴の方が断然都合いいんじゃないですか」

職人もロワンに影響されたか、素朴な物言いで尋《たず》ねた。さもなくば頭巾に目覆い、外国の長衣《ながぎぬ》をまとった怪しげな風体の老博士を前に萎縮《いしゅく》してしまい、気軽に借問を投げるに至らなかったところだろう。

「そうとばかりは言えない。弩の短は幾つもあります。まずは矢を番えるに手間がかかること。二の矢、三の矢を即座に継ぐことができません。騎乗では矢を番えるのも覚束《おぼつか》ないし、野戦《のいくさ》に持ち出し、乱軍入り乱れれば、矢を番えている間に仕留められてしまう」

「そうか、梃子を引いて番えるって話でしたね。そんな悠長なことはやってられないか」

「ですから射に及ぶもの、矢を番えるもの、それを守るものと、何列もの隊伍《たいご》を組み、例えば四列の射手を交替に繰りだして絶えず矢襖《やぶすま》を保たなければならない。そういうことのできる戦場にしか用いることができませんし、そうした戦場を用意しなければならない」

「横広く伸びた分厚い陣を布いての運用ということになるわけですね」タイキが言葉を添えた。

「それから短の二は、長弓にくらべて重量が著しく大きいことですね」

「そうか、これを台に据えるって話でしたね。こんな分厚い弓を支えて曲げようっていうんだから、台だってちょいと頑丈なものじゃなきゃいけない」

やはり生業《なりわい》、職人は必要な強度と材の様子に見当が着くのだろう、両手で角材の太さを測るような仕草をした。

「その所為で丸ごとをこっそり密輸する訳にいかなかったんだからな。弓の部分だけ外して隠し持ってきたんだ」とロワン。

「弓を支える台まで持ち込むとなれば揺り椅子を持ち運ぶようなもんですからね」

この軽口には一座のものに笑い声があがったが、タイキと奥の引っ詰め髪の男は目が笑っていなかった。

「この重量の所為もあって、遠征戦には向きません。長駆を急ぐ戦場に向かないし、退却戦なら捨ててしまった方がいいくらいでしょう」

「つくづく騎馬と相性が悪いんですね。西方では使えないんだな」

ロワンが西方と言ったのは一ノ谷の対岸の西方半島部のことで、そちらは一ノ谷王室の係累の辺境伯領であり、強力な騎馬隊の防衛力で知られている。

「弩弓に向いた戦場というと……」

「多くの雑兵を動員した、開けた平原に広い陣を布いた戦場ですね。あるいは多列の横隊を繰り広げた砦、城壁に囲まれた要塞《ようさい》での迎撃戦」ロワンの問いに丘博士はきっぱり答えた。

「それはつまり……」

「ニザマ中原というわけか。ニザマの城砦《じょうさい》都市の攻防だ」ロワンとタイキが割り台詞《ぜりふ》に頷き合う。

「そして短の三に、費用が嵩《かさ》むこと——長弓に比べ弩弓は単価が何倍にもなります。しかも雑兵を数多く駆り集めて、これに遍《あまね》く頒布しなくてはなりません。広く構えた横隊を重列に並べる運用上、莫大《ばくだい》な数を揃える必要がありますから、戦費を著しく圧迫します」

「それだけの費用がかかる以上、弓兵と違って急場の小回りが利かないのも失ですね。弩を使い捨てにするわけにもいかないでしょう。兵の動きにも制限がかかるのは重量の所為ばかりじゃない」

「さらに短の四として、構造が複雑で製作に特別の術理が要る。長弓と異なって兵に自弁で用意させることなどできないし、また構造の複雑さは戦場での故障の多発を蓋然とせねばならないでしょうが、現場に修理する術理を用意することもまた難しい」

「その場合、その弩って奴はどこが壊れるんでしょうかね」

「まずは弦が消耗品になるはずです。見本の弓の先はどうなっていますか?」

丘博士の問いかけにロワンが弓を持ち上げて答える。

「これは杯《さかづきがた》形に削り出してありますね」

渡された弓の先を手で擦りながら丘博士は言った。

「では弦は両端に輪のあるものを縒《よ》って作り、それを掛けて使うのでしょう。弦はしばしば消耗品ですが、弦を掛けるのに専用の道具が必要になります。それから掛け金の破損も頻回《ひんかい》起こることでしょう。また多用されれば弓が折れることもままある。これは戦場で修繕できるものではない。そもそも弩弓を製作することのできる職工自体が限られている。特別な術理を具《そな》え、特殊な工具と材料の準備のある、専門の工房と職工が要請される」

「ちょっと待ってください、もしかして私が呼ばれたのは、これを作れっていう話なんですか？」

「いや、親父さん、早合点《はやがてん》するな」

「だって弩なら射るのも簡単だし、中たるし、それで鍋でも破るっていうんでしょう。それを一ノ谷でも作ろうっていう話なのかと……」

「いや、そういう話にはならんよ」とロワンが窘《たしな》める。「弩弓がいかに優れていても一ノ谷には、それを運用するに向いた戦場がなさそうだって話だったろ」

「だが仮に作るとしたらどうだ？　親父さんにできそうかね」タイキは髭を撫《な》でながら問う。

「職人はできないとはいいませんや。ですがそれも価《あたい》と時間の問題です。私は手間ひまのかかる間違いの無い高級品を手をかけて作り上げて、その分ふつうに付けられない価で買ってもらうのが商売ですから、それはどれくらいの価と時間を頂けるのかの見合いって話になります。ですが……」

「この弓を作るとして、何日かかる？　そして幾らの金子《きんす》で贖えるだろうか？」

職人は「ちょっと済みません」といって弓を手に取ると、目の前に掲げて矯《た》めつ眇《すが》めつ、回してみたり、膝の上に中心部を押し当て、両端を撓《たわ》めようとしてみたりと、しばらく様子を窺っていた。

「まずこれを壊して良ければ、曲物の細工が何層の貼りになってるかを確かめましょう。いまは苧《からむし》の皮に包まれているから中の様子が分かりません。それから段取りが決まって……そうですね、何日ではなくて十何日かは頂きましょう」

「そんなにかかるものなのか？」ロワンが驚いた。

「曲物の細工に時間がかかります。まず薄板を湯気で蒸すのに四半日、それを型に嵌めて癖をつけるのに一昼夜、それから膠《にかわ》で貼り付けて曲げが戻らぬように固めるのに一昼夜、それは層が何枚になっているかに依《よ》りますが、この感じだと四、五枚の材の貼り合わせに見えますから、これでもう十日の線は超えます。それから苧の皮を何枚も作って貼り重ねていくのにまだ何日もかかる」

「その苧の皮っていうのはなんだい？」

「皮っていっても、本当に皮なんじゃありません。苧——紫苧《あかそ》っていう草の茎から筋を取ってきて解します。それを茹《ゆ》でてしなやかにしたら金串《かなぐし》で漉《す》き取って筋を揃えて、これを平らに延べたものを膠で皮みたいに固めていくんです」

「苧はイラクサの一種だよ」とタイキ。

「あのちくちくするやつですか？」ロワンはその感触を思いだすように手を擦りながら苦笑いを浮かべた。

「南大陸の栽培種のことだろう。茎の外側の靭皮《じんぴ》から強靱《きょうじん》な繊維が取れる。それを膠で固めて膜状にして貼り付けるということか」

「そうです。一層貼っては乾かし、また一層貼っては乾かす。曲物は形を一遍には作れません。そうやってじわじわ太らせていって強くてよく撓む弓に作っていきます。この弓もそうした細工ですから、これを作ろうっていうのなら急ぐことはできません」

「それじゃちょっと戦になりそうだから、急ぎで千丁用意しろなんていったって……」

「そりゃ何時いつまでにっていう条件と見合いになりますが、納期が短すぎるのならできないものはできない。一本を仕上げるのに二旬節《じゅんせつ》はかかるでしょうね。千丁用意しろっていうのなら、貼り重ねを乾かしている間に次の一本、それを乾かしている間に次の一本とやっていっても、職工一人で十本を担当できれば上々ってとこじゃないですか、だから職工を百人用意していただいての話になります」

「職工百人が昼夜兼行働いて二旬節は悠々かかるって？　しかもその全員が、親父さん、おなじ術理を習得していての話なんだよな」

丘博士が頷いている。

「真正な話です。そのような高度な設計の弩弓となれば長弓と違って、いざ戦時に至って各個拵えようとするわけにいかない。平時に営々《えいえい》作り溜めておかねば弓兵の数は揃えられますまい」

「じゃあやっぱり一ノ谷で弩弓を大量生産しようってのも無理頼みもいいところですね」

「価は幾らほどを考える？」とタイキ。

「職工一人の一月分の俸禄《ほうろく》が一番下の線、これが作れる者が限られてくるっていうならば、職人はその二倍三倍、なんなら十倍は吹っ掛けるものですが、それは商いというものです」

「親父さんなら幾らを言ってみる？」ロワンは追い込んだ。

「これは本当の商売の話じゃないんでしょうね？　私ゃ揺り椅子を作っているのが身の程です、暖炉《だんろ》の前に置いて居眠りするためのやつですよ。武具を拵えるなんて分際を超えますが……職人としていうのなら、これを十本、最短の時間で仕上げるのに職工一人の三ヵ月分を求めます。これが負かるかどうかは、あとは人と人の商い事になります」

「王命で用意せよと言われれば？」ロワンが皮肉な笑みを浮かべて質す。

「……いやと言えないことならば、それは商い事ではありませんな。それなら仕方がない、言うとおりにやるまでですが」

「そう警戒するな、本当に頼もうって話じゃないし、まして王命で有無を言わせずやらせようって話でもない。たんなる見積もりを頼んでるだけだ。王命が仮に出るようなことがあれば、そのときには言い値を支払う段取りになるだろうし、なんらかの条件もつくだろう。親父さんはもう王宮の用達だから、条件ってのがどうした種類のものかは想像がつくだろう？」

職人はちょっと笑みを浮かべて頷いた。王宮の無理頼みに答えれば、用達に取り立てられて後々の利益があるだろうと仄《ほの》めかしているのだ。もっともきっちり言質《げんち》をくれないあたりは、容易い商いとは言えなそうな感じがする。

「それから材料費のことを言っていませんでしたね。材料は用意していただけるって話なんでしょうね」

「官費を投ずるなら材料は用意するという話になるだろうな」

「じゃなきゃ無理ですね、大掛かりに作ろうって言うなら、苧なり鰾膠《にべ》なりが職工個人の仕入れられる分じゃ賄えません」

「にべ？」タイキが眉根を寄せて尋ねた。ちょっと目に好奇の光が宿っている。

「曲物の貼り合わせに用いる膠ですよ。魚の浮き袋から取るやつです」

「魚膠《ぎょこう》か。鰉《はらか》の鰾《ひょう》を使うのか」

「鰾膠じゃなきゃいけません。これは一択ですよ。きっちりぴったり粘着するやつじゃなきゃ駄目です」

「ほう……」

タイキは身を乗り出し、目を輝かせて嘆息した。髭を撫でている。エニスは黙って聞いていたが、この話をかなり面白がっている。何か……タイキの脳内に組み立てられ始めている。髭を撫でるのが徴候だ。まさか本当に弩弓の製作に乗り出そうという話ではあるまいな……。どう考えても、喫緊の戦乱に間に合う話ではなさそうだし、そもそも一ノ谷の領土領域の地勢と、各地に展開した騎馬隊を主力とする国軍の編成とに馴染んだ武装ではないみたいだけれど……。

「弦は作れるだろうか？」

「今ついてないもののことは、私にゃわかりませんよ」

「丘老師、弦は何で作るものです？」

「先ほど話に出てきた靭皮の繊維を繰り返し縒ったものですね。紫苧《あかそ》でも青苧《あおそ》でもいいでしょう。晒《さら》した麻の粗皮《あらかわ》を割いて拵えます。弓の弾力を十全に伝えられるだけ強靭であれば、弦自体の弾力は無くもがな。あとは弓の台になる矢受けと持ち手、それから射の邪魔にならぬ滑《なめ》らかに動作する掛け金が必要になりますが、これは今のお話からですと弓を細工するよりはずっと簡単なものになるでしょう」

「ではやはり事の要は弓の細工ですね」

「そうなります」

職人が恐る恐る口を挟んだ。

「あの……こうした弩ってやつをニザマはたくさん持ってるってことなんですか」

「そうだ。それで製法なり、運用上の秘訣《ひけつ》なりを聞いておきたかったんだな。それで親父さんや、こちらのニザマの博士から話を聞いてるわけだよ」

「すると一ノ谷はこれにこっぴどくやられてるってぇんですか」

ロワンとタイキが顔を見合わせて、それから頷いた。

「でも今の話っからすると……こういうのが役立つのはあっちの国の……野っ原での話だってことでしょう?」

職人の懐疑ももっともだ。弩弓はニザマの平原や都市防衛には大いに有用だが、起伏が大きく山林の多い一ノ谷の地勢、騎馬戦を主力とする国軍編成には不適というのが結論だった。それに弩弓が本領を発揮するのはニザマの中原と言うが、そもそも一ノ谷がニザマの中原に至るまで、その国土に攻め入ったというような話は聞いたことがない。

ならばいったい何処で一ノ谷は「こっぴどく」やられているというのだろう。

「実はこれがよく働く戦場がもう一ヵ所あるんだよ」


ロワンの説明は次のようなものだった。

一ノ谷はニザマの主要港をまったく攻略できないでいたのだ。

もともと一ノ谷は海峡地域の南北を股にかける貿易都市で、海峡中に強固な制海権を確保していた。海軍力について同盟市諸州に常に優越していたのである。一ノ谷港湾は古代から栄えた漁港が起源であり中心であるが、こんにちまでに東西に拡張された港湾の延長部は海底を浚渫《しゅんせつ》され、湾岸を護岸された軍港で、喫水の深い蓋倫《ガレオン》帆船を多く係留している。

しぜん東西、そして島嶼部から南大陸にかけて、内海の全域に海上の諸権益を掌握していたが、ニザマ東岸の港湾防衛にだけは太刀打ちできないでいたのだった。

ニザマの東岸は急峻《きゅうしゅん》な山岳が沈降してできた溺れ谷で、臨海部に平地が少ない代わりに湾部の海底《うなぞこ》が深く元来天然の良港だった。ニザマの国号は「二津の狭間」の謂であり、突出した二岬《にこう》の内の深い湾のうちに国の起源となる港湾都市があった。断崖《だんがい》を掘削してできた特殊な港から、人口の拡大に伴って台地上の中原へと首府は遷《うつ》っていったが、いまもニザマ港湾都市は国の礎《いしずえ》として、あるいは海峡海域への門戸として、国随一の要衝である。

この奥深い湾は海水を湛えた巨大な壺《つぼ》を横たえたように、潮汐《ちょうせき》によって海水を吸い込み、排出するが、湾内に佇立《ちょりつ》する幾多の岩礁の配置と相俟って、朝夕に湾内の至るところに渦潮が生ずる。この渦潮が他国の船舶にとっては鬼門にあたり、海峡を自在に往来する一ノ谷の軍艦も接近を危ぶむ難所と見做されていた。これ一つでニザマの港湾の天然の要害となっていたわけだが、これに加えてニザマの水軍が強力で、史上幾度も湾内に侵入しようとした一ノ谷海軍を、そのたびに撥ねつけおおせていた。

時代により海戦の仕儀には変遷があるが、今日ではニザマ水軍の実力を担保するのが、渦潮と岩礁が待つ湾内を自由に行き来する操船の巧《たく》みと、そして特殊な武装にあった。ニザマは海戦に弩を用いるのである。

弓は遠処に攻撃を届けるものであるが、そのために高地に陣取りするのが常道である。もっとも海上に高所はなく、弓の効力は海上なら「地形」に左右されないことになる。しかし言うまでもないことだが射渡した矢が目標に過たず射付くためには、矢筋の抛物線《ほうぶつせん》が正確に敵船に向かわなくてはならない。したがって射線を正しく定めることが肝要になるが、足場の確かな陸上であってすら射出の角度を正しく塩梅《あんばい》するのは玄人の芸に属するところ、終始遊動する船上から射線角を定めるのはより一層の難しさとなる。矢を射放った「離れ」の時の射角が正しくとも、矢先の着点では先方の船もそのときにはまた別の傾きに揺らいでいる。海上の射的の困難は一方《ひとかた》ならない。

ここに弩弓の大きな利点があった。弩弓は水平射に近い射角で狙いを定める上に、矢速が早いので、長弓よりも中たるのである。無論のこと必中とはいかなくとも、その矢筋は長弓のものよりも遥《はる》かに高い効率で敵船甲板上の乗員を射貫《いぬ》くのだった。

ニザマの中型の軍船は槳帆船《ガレー》が多く、帆走の他に手漕《てこ》ぎも要したが、湾内での機動力に勝っていた。一ノ谷軍船が渦潮の狭間を抜け、岩礁を躱すのに難渋するあいだに、ニザマの小艇が瞬《また》く間に並走し、船端《ふなばた》に横隊を組んだ射手から弩弓の矢襖が襲ってくる。一ノ谷の艦船では甲板の水兵が総薙《な》ぎにされ、甲板上の船楼も穴だらけになる。この初撃を免《まぬが》れ得た海兵も、甲板下の船体に隠れているしかなく、頭を出して敵影を窺おうものなら即座に弩弓の射線に入る。こちらに頭を出す暇すら無いなら、先方が二の矢を番えるのにも患いはない。

　甲板上を掃射したニザマ軍船はあっという間に一ノ谷艦に横付けし、射貫かれた者の亡《な》き骸《がら》の他には誰も残らぬ甲板に易々と乗船して、甲板下船室の残党の排除にかかる。だいたい海戦というものは艦を沈められるか、航行能力を奪われるか、あるいは相手に乗船されるかすれば終わりである。かくして一ノ谷海軍の精鋭が、まったく作法の異なる湾内の海戦に翻《ほん》弄《ろう》され、あげく多数の軍船が鹵獲《ろかく》される羽目に至った。

　名にし負う「ニザマに水軍無敵」の文言は、文字どおりにこの水軍が「二津の狭間にあって無敵」であることを評したものだった。そして一ノ谷中央では、手痛い敗潰《はいかい》を繰り返すなかで、ニザマ水軍の実力を遺憾ながら認めざるを得ず、そしてその強さの秘訣を常々探っていたのだった。

　その目下の結論が、地の利、水の利と弩弓の運用である。


「それで一ノ谷の海兵にも弩を配ろうって話になったんですか」

「まあ、それがそんなに簡単なことじゃないってのも分かったが。少なくとも敵のことをよく知っておくだけでも済ませておかないといけないからな」

「これはそちらの……老師がおっしゃるように、予め準備が良くなきゃ間に合わないって話なんでしょう？　そりゃ戦が起こってから……ことが起こってから、弩に矢を番えようなんて悠長なこと言っても遅いんじゃないですかね」

職人の至言に丘博士すらが失笑を漏らしていたが、タイキは笑っていない。虚空を睨《にら》んで髭を撫でているタイキの横顔を見てエニスはこう思った。そうじゃない。タイキはどうすれば一ノ谷海軍にも弩弓を配備できるか、それを占うべく職人や老師を召喚したのではない。もっと違うことを考えている。ならば何を企図して、弩弓の製法をつぶさに検めたがっていたのだろう？


ロワンは無理を言って今夕に急に集まってもらった件に詫びを口にし、饅頭の残りを一座に配って、今宵の小会議を解散する前にこいつを片づけちまいましょうと提案する。すでに茶は温《ぬる》んでいたが、職人を初め一同はそれぞれの割り当てをぱくついていた。

職人はお役に立てたなら何よりですと恐縮していたが、今晩は「世に恐れられる図書館の魔法使いに会ってきた」とでも、家内で吹聴《ふいちょう》することだろう。初めは緊張を顕《あらわ》にしていた彼も、高い塔の番人が噂どおりの怪人ではなく、単に図書館係員の棟梁にすぎないということは分かったことだろう。

ただ人の口に戸は閉《た》てられない以上、図書館預かりのニザマの博士は頭巾に目隠しの怪しい老人だったという風評は漏れ出てしまう可能性が高い。一ノ谷の市井では仮想敵国ニザマの風物はやや過分に粉飾され、誇張《こちょう》されることが多く、たとえば敵の政界の首領ミツクビには頭が三つあるとか、二百年も生きている蛇の化身だとかいった流言が流布していた。いずれ人の口に伝わっていくにつれて丘博士のことも、図書館にはニザマの博士が鉄仮面を被《かぶ》せられて幽閉されているなどという飛語に変じて巷《ちまた》を飛び交うのではないだろうか。

もっともこうした道聴塗説にも、きっと一抹の真実が包《くく》まれているものである。

「あれ、こちらは山菜の佃煮《つくだに》ですな」

職人が言っているのは饅頭の餡のことだった。離れの小間使いが無差別に買ってきた蒸し饅頭は中味がさまざまで当たり外れがあるのだった。

「丘老師のはどうでした？」ロワンが笑みを浮かべて聞くと博士は答えた。

「これは海老《えび》ですね。美味《おい》しく頂いております」

それは嘘《うそ》で世辞だった。両眼を潰されて以来、博士の喜びとするのは楽と詩の調べ、それから酒食であった。図書館でも高位の待遇を得ているし、もとより翰林院に君臨したニザマ中央官僚界の選良である。ニザマ官界でも天帝陛下に伍する美食家であった。その舌は余人より奢《おご》っていた。

博士はこう思っていた。

この饅頭は不味《まず》いな、と。

――不味い！

閃《ひらめ》く左手を振るって手話で言い放ったのはマツリカである。
ハルカゼとマツリカの姿はタイキの居城、離れの厨房《ちゅうぼう》にあった。

離れは王宮の北の池の端に岬のように突き出した立地で、西方帝国の版図にあった時代の砦《とりで》である。今は池中に浮かんだ城のように見えるが、もとは王城の城壁や堀や溜め池よりも古くからある施設で、軍事要塞としてはごく小規模なものだが、それはこの城砦が守っていたのは扇状地の底の不透水層に届く古代の井戸だったからだ。

今は広く一ノ谷一段目と呼ばれる王宮が城壁と堀を巡らし、市井の人の行き交う街であるのを止めて以来、離れの井戸の水資源としての意味は半《なか》ば失われていた。その城砦を改修して居城としたのは十代ほど前の時代の傍系の親王である。狭義の王宮、つまり王城内陣東翼にある王族の住まいはもっと新しい普請で、貿易国家一ノ谷の威信に恥じぬ壮麗で豪壮な建築だったが、その親王は裏の池の端の小砦に住居の体裁を整えて、そこに蟄居《ちっきょ》するという酔狂を好んだのだった。これが「離れ」という屋号の由来である。後に隣接する図書館の所管に入り、図書館の番人の居城となったが、「親王の住まう離れ」の謂の屋号が今なお受け継がれている。

池中の城とはいっても、その由来は城砦であるから外見は厳《いか》めしく、四本の隅塔《ぐうとう》を頂点とする四辺形の幕壁が湖床から立ち上がっているさまは、池の水面《みなも》にその姿を映じていても優雅とは言い難い。池水に面した幕壁には窓も銃眼も開いていないので、その威容はむしろ牢《ろう》獄《ごく》にも似ている。

外構は砦の普請のままで、堀端《ほりばた》の堤からは跳ね橋が渡されて対岸の城門に続く。跳桿《ちょうかん》と呼ばれる桁《けた》から鎖を下ろして跳ね橋を吊《つ》る仕組みだが、今日では跳ね橋は下ろされたままで、城門にはすでに門扉もなく、滑車で動作する鉄製の鬼戸も上げられたままになっていた。

もっか離れの防備はほぼ解き放たれて、余人の往来を妨げていない。それは図書館の広間に人員を集めて、三交代で稼働し続けながら海峡中の消息を収拾している現今の高い塔が、このたび増員した余剰の人員の寮のごときものとして、離れを開放していたからである。タイキの自発的な判断だったが、言ってみれば離れはいま「戦時徴発」されているのだ。

城門の先、鬼戸を潜るとすぐに正面の幕壁に突き当たり、右に折れて壁に沿って緩やかに登っていく坂が正面幕壁を右の端まで辿っていったところで、迫持《せりもち》で支えられた通路が幕壁に開き、これを潜れば離れの中庭に出る。

親王の住まいであった時代には瀟洒《しょうしゃ》な庭園であっただろう、この小庭園はいまは荒れ果てるに任されており、四方を高く囲む旧城砦の佇まいからすると、洒落《しゃれ》た庭園というよりは牢獄の運動場といった風情に落魄《らくはく》している。

ただ往時の親王や、現在の図書館の番人がこの風采《ふうさい》の上がらぬ居城を好んだ理由は、中庭に脚を踏み込んだ瞬間に感知させられる。静かなのだ。

四方の幕壁が世間の音場からこの空間を切り離してしまったように、中庭と、それを囲む離れの回廊はひっそりと静まり返っている。いまは非常招集された多くの人員を抱えた寮として利用されているとはいえ、ここに足を踏み入れたものは、自然と耳をそばだて、足音を潜め、用件があっても囁《ささや》きを交わすばかりになる。

離れは沈黙の秘園だった。ここもまた図書館の一部だったのである。

中庭に蛇行する庭園の径を進んだ先に離れの入り口があり、大きな観音開きの戸の奥には吹き抜け天井の玄関口、突き当たりに左右に振り分けになった広階段があって、地上階の回廊の上を上階の廊下が伸びてゆく形になる。もとが石積みの城砦を改修したものだから、もともと壁が分厚く、回廊上の各室は間口が狭い。その割に天井が高いので、どの部屋も部屋の狭さがちょっと強調されて感じられる。この各室を増員された人員の寮としていた訳だ。素っ気ない普請と、連なる狭い居室の列と、声を立てることを半ば禁じられたまま右往左往する新来の人員と……その風景はどうしても獄舎か兵営を思わせる。

平生であれば離れに起居するのは基本的には十人余りで、タイキとマツリカの他に、寄寓の身の図書館員がハルカゼほか数人あり、あとは門衛や侍女など使用人が五人ほど常駐している。図書館員は概ね「通い」で城下の三段目、四段目あたりに家を設けていることが多いので、ハルカゼのように早くから「住み込み」みたいな立場になっている者は例外だ。

あとは諸国諸州に外遊したり調査に出たりしている館員や連絡員が帰国時に離れに暫時逗《とう》留《りゅう》することもあり、その人数は流動的だが、大まかに言って使用人も合わせて十五人の食事を準備するぐらいが最大のところだったのが今までの話、このほどの非常招集にあたっては「寮」に滞在する人員が食客だけで二十人ほどにも膨《ふく》れ上がっており、さらには図書館に詰めていながら離れには宿を取らなかった者も含めて、総計五十人ほどの兵糧を離れの使用人が準備していた。離れで供するものの他に、図書館に仕出しを出しているのである。元来、図書館は飲食の場ではないが、今の大広間はロワンがいみじくも言っていたように戦時にあたり、通常の作法は隅に追いやられているような具合だ。

この糧食の準備には離れ常住の使用人五たりでは足らず、臨時雇いの小間使いや料理人を召し上げて、離れと図書館の家事家政に携わる人員も倍増していた。

十人に増えた使用人を差配して治めているのは、長く離れの侍女長を務める家刀自《いえとじ》イソキである。図書館の周辺には年齢不詳の高齢者が多いが、タイキより年嵩なのが確実なのがこのイソキであり、高齢にも拘わらず意気軒高で老《お》いすげした様子がない。離れの鍵束《かぎたば》を今も預かる家守《いえもり》である。タイキに対して敬語を用いない――もっと正確に言えば悪口《あっこう》を用いる女傑は、マツリカを別にすれば、図書館の法文官エニスと、侍女長イソキばかりであった。

エニスとイソキには一つ対照的なところがあった。エニスは腰が真っ直ぐでタイキやハルカゼに耳打ちしても二人が耳を寄せるのに身を屈めないで済むほどの長身であったのに対して、イソキは矮軀《わいく》に小腰を屈めた小媼《こおうな》だった。イソキに並べて見ればエニスは体軀が倍ほどの大きさに見えるほどだ。槐《えにす》に比べると杉《いそき》は遥かに大きく育つ樹木であるから、これは名前が入れ違っていると図書館では軽口立てに噂されていた。

ところでイソキは図書館員ではないから、図書館員の誰もが共有するとある性質を分け持たなかった。黙然と過ごすことが無かったのである。声量豊かで、饒舌《じょうぜつ》で口さがなかった。マツリカがタイキのことを「爺さん」とか「爺い」とか言うのもイソキの薫陶の所産であろうとハルカゼは思っていた。

そのイソキとマツリカの関係はちょっと複雑だった。仲が好いとは言いかねる。しかし仲が悪い、気が合わないというのとも違う。実際イソキはマツリカの身の上を誰よりも真剣に案じ、彼女なりの真心を尽くしていたものだろう。また離れの家内ではタイキ以上の発言力を振るうイソキにマツリカはことごとく逆らいがちで、そこに悶着《もんちゃく》は不断のことだったが、マツリカもまたイソキの親心みたいなものは理解していた節がある。なにしろイソキはマツリカに陰に陽に影響を及ぼしていた。

それでもこの二人の折り合いが傍目《はため》からするとあまり良くないものに見えたのも無理からぬところで、マツリカが離れに住まうようになって以来、年中揉《も》めているのである。イソキは手話を解しないので、耳が聞こえるマツリカには一方的にお小言を言ってマツリカの反駁《はんばく》に取り合わない。それに対してマツリカは諾々と従うということもせず、ともすればイソキの窘めを無視するようなことをするので、いつもいかにも険悪なのだ。

マツリカの手話を解するものとして、年ごろも大体同じ、イラムという娘が侍女見習いとしてマツリカに付けられた。これでマツリカはようやく要望を直接に、正確かつ詳細に伝えうる相手を得たわけだが、イラム自身も発話に手話を用いる訳で、そのつど侍女長イソキとの仲立ちになることはできなかった。

その後、ハルカゼが高い塔に抜擢されて、離れにも常住する流れになったときに思いがけなくもごく初等のものであるとはいえ手話の心得があることが分かって、そのためマツリカと手話を解さない者の間に立って手話通訳をたびたび務めることになった、というのが表向きの事情である。彼女に手話の心得があったのは「思いがけなく」もなにも、別段たまさかのことではなく、ウルハイ家からの指示で予め手話に通じておくように言い含められていたのだった。もちろんマツリカに取り入るためである。このことにハルカゼは少し胸を痛めていた。タイキに自分と生家とウルハイ家の底意を見透かされているのを恐れていたというよりも、自分の立場が幼いマツリカに対するこの上ない不実であるように感じられていたからだ。

そして手話通訳のようなマツリカに近いところに身を置きながらも、どうしても互いのそこはかとない隔意を克服できないでいた。それなのに貴重なマツリカの理解者の一人であるとでもいうような顔をしていることに、鈍《にぶ》い心痛を感じ続けていたのだ。

ハルカゼからすると、マツリカの言葉を本当によく解しているのは、手話を操るかどうかに関《かか》わりなく、タイキとイソキの二人なのではないかと思っていた。イソキはマツリカの「言葉」を聞かないし、そもそも手話は分からないし、取りあわない。しかし妙に応酬に嚙み合ったところがあって、止めどないお小言と都度つどの反駁とで互いに剣突《けんつく》を喰らわせあっている。イソキは年の功と家刀自の立場をかさに権柄押しにかかるし、マツリカは子供の小理屈でいちいち反発する。その姿は「折り合いが悪い」の一言なのだが、ハルカゼはこうも思うのだ。

互いに相手の言うことを聞かないだけで、二人の間の意志疎通はほぼ十全に果たされている。互いに相手を認めようとしないだけで、相手のことはほぼ正確に理解している。

マツリカの本当の理解者は、この口うるさい侍女長ぐらいのものなのではないだろうか。タイキとイソキ、この二本の巨木だけがマツリカの心根に寄り添っている。そしてマツリカはその二人のことを「爺い」と「婆《ばば》あ」と呼んでいた。

——これ、不味いよ。

「何だって？」

「不味いって言ってます」

ハルカゼが間に入っていた。

二人はイソキが権勢もあらたかに知召《しろしめ》す離れの厨房に据えた食卓に着いていた。侍女のマキヲや見習いのイラムと並んでぱくついていた今宵の夕食は、図書館の執務室でタイキらが口にしていたのと同じものだった。大きな笊《ざる》に筍の皮で包んだ蒸し饅頭が山になっている。同席しているマキヲは二十歳過ぎの商家の娘で、離れでは調達班みたいな役どころだった。要するに城下への買い物を任されることが多い小間使いで、小銭の計算に強く、価と品質の均衡に厳しいところを、さすが商家の娘と見込まれているのだ。昨今の食《く》い扶持《ぶち》の増えた離れの状況下では、平生のように一人で手押し車を引いていくだけでは足らないので、図書館付きの手の空いたところや門衛のカシムを伴って、二、三人の荷車隊列で城下へ出ていくのが常になっていたが、買い付け仕事を取り仕切るのはマキヲである。今日の饅頭も彼女が港で求めてきたものだ。

イソキは竈《かまど》の前に寄せた丸椅子に腰掛けて沸き立つ鍋をかき混ぜていた。今日の仕出しに港の点心の間食みたいなものを配ったのは、今の図書館には手で食べられるものを良しとする状勢があったからだが、夜食にはもう少し重いものを出したい。そんなわけで豚と夏野菜の煮込みを大鍋に用意するところだった。現在の工程は豚の骨付き肉の下茹《したゆ》でである。

そのイソキが鍋をかき混ぜる手を止めて振り返っていた。

「ご挨拶《あいさつ》だね、お嬢さん」声音は低いが舌鋒《ぜっぽう》に険がある。

――おかしいよ、これ。いつもの菜館で求めたの？

「マキヲ、求めたのはいつもと同じ総菜屋でした？」

ハルカゼの問いにマキヲは頷いた。それは港町の菜館の一つで、路上に露店を出している小商いではなく、広い店構えの食堂に食卓を並べた大店《おおだな》だった。ニザマで使う東方の表意文字の看板を出している類《たぐ》いの店だ。マツリカ自身は王城から出ることがないので店の様子は御存じない。

「お嬢さん——」

——お嬢さんって呼ばないで。

「マキヲはあんたに買ってきたんだよ、あんたがここのが好きだって言うから、カシムだっていい加減腰がえらくて大変なのに、わざわざ五段目まで足を伸ばして贖ってきたんだ、それを何だい？」

また始まった。イラムが二人を交互に見やって心配そうにしている。マキヲは自分に矛先が向かないかと首を竦《すく》めて小さくなっていた。

——これは駄目。外れを引いたかな。

「何て言い草だろうね、あんたが海老の饅頭が一等好きだからって、絶対当たるようにって、マキヲが店で頼んであんたの分だけ印をつけてもらったんだ。他のもんはどれに当たるか分からないで食べてるってのに。あんたにって言って取り分けといたもんだよ」

そういえばハルカゼの取った饅頭は山菜の佃煮だった。

マツリカは一口を齧《かじ》っただけの饅頭を皿に戻している。

「得手勝手を言うんじゃないよ。文句があるなら食べなくったっていいんだよ。部屋に下がってなさい」

ぴしゃりと決めつけると、マツリカは言い返しもしないで、さっと席を立った。怒られてしょげ返っているという風情ではない。

「ご馳走《ちそう》さまも言えないの？」

振り返りもしないで後ろ姿のまま手だけ振った。

——食べてないもの。

「まあ、どうだろ、爺さんが我儘《わまま》を聞いてばかりいるから、生意気になるばっかりだね」

イソキが竈に向いた隙に、イラムが竹皮包みの一つをさっと取りあげて、ぱたぱたと足音を立てて追っていった。

「イラム！」イソキは竈に向かったまま呼び立てた。

「聞こえませんよ」

ハルカゼが静かに諌める。顔を見て話さなければイラムには聞こえない。

「何度言ってもばたばた音を立てて歩くんだから……」

「自分じゃ分からないんだから仕方ありませんよ」

まだマキヲが首を竦《すく》めているのを見てイソキは諭《さと》した。

「あんたが悪いんじゃないよ。あんたは良かれと思ってやったことじゃないか」

ハルカゼはマツリカが皿に残していった食べかけの饅頭を見つめた。

「ほんとに我が儘なんだから」イソキはまだぶつぶつ言っている。

「そうでしょうか」

ハルカゼはマツリカのことを我が儘だと思ったことはなかった。むしろ全く我が儘を言わない子ではないだろうか。もちろんイソキが言っていることは分かる。我が儘であろうとなかろうと、頑固で偏屈なのは確かだ。言うことを絶対曲げないような強情なところはある。だが癇癖《かんぺき》はなく、得手勝手を振るわぬ方だ。それはあの幼さにしては不自然なほどだと思える。

先ほどだって、小生意気に言い返してはいたけれども、子供じみた不合理を言うくちではない。激したりはしないし、まして泣いたり叫んだりしているところは見たことがない。それどころか声を上げるということがそもそも無いのだ。

「いつもの菜館で求めたものか」というのも――難詰ではなかった。お遣いのマキヲを詰《なじ》って責めているのではなかったように思う。その手話の口調を正確に見取っていたのはイラムぐらいかもしれない。それでもハルカゼにもマツリカの口ぶり――というか手ぶりに、文句を言っているような苛立《いらだ》ちは感じられなかった。

むしろ冷然とした質問だった。あれは……確認だった。

ハルカゼはマツリカの食べ残しを取りあげて、かぶりつくのはどうかと思ったので、一片を小さく千切り取った。まだいくらか温かかった。蒸《ふ》かした皮と、海老のすり身の餡がそこにある。ハルカゼはちょっと躊躇ったが、口に放り込んだ。何の変哲もない海老出汁《だし》の饅頭で、目が覚めるほど美味《うま》いというわけではないが、不味いというほどのこともない。

「不味くはないかな……」

「我が儘なんだよ。だいたい六、七の小娘が出されたものに美味い不味いを言おうってのが出過ぎた話なんだ。爺さんも甘やかすし、イラムも肩を持つし、あんたも甘いし、カシムは何にも言わないし、ちゃんと言ってやれるのは私ぐらいなんだからね！」

「別に私は甘くはありませんよ……でも我が儘を言っているという風でもなかったような」

「だってマキヲはわざわざ港まで足を伸ばして買ってきたんだよ。カシムだって……」イソキが繰り言になってきた。

「マツリカ様は海老糝薯《しんじょ》がお好みだったとは知りませんでしたが……」

「えっ？」

マキヲがちょっと目を見開いていた。鍋に向かって繰り言を続けていたイソキも振り向いた。一瞬黙ってからぽつりと訊いた。

「海老糝薯？」

マキヲとイソキ二人の視線がハルカゼ、そしてその手の中の食べかけの饅頭に集まっている。ハルカゼは戸惑って二人の視線を受け止めていた。

「……ですよね、これ」

イソキは木篦《きべら》を鍋の縁にかけて竈を離れた。食卓に躙《にじ》り寄って、皿の上の食べかけに屈みこむとマツリカの齧り痕《あと》をしげしげと眺め、それから持ち上げて老眼鏡をずらして目の前二、三寸のところで睨んだ。それからちょっと匂《にお》いをかいで、がぶりとマツリカの嚙みつき痕の上からかぶりついた。老眼は進んでいるが、歯は達者だ。

少し斜め上の宙に視線を漂わせながら、イソキはしばらく咀嚼《そしゃく》していたが、その一口を呑み込むとマキヲを睨んで言った。

「……海老糝薯だね」

マキヲはイソキの視線にちょっと身を竦めて、あわてて首を振った。

「あの店の海老蒸し饅頭はこれしかありません」

ちょっと震える声で言ったのは、自分が注文を間違って買ってきたわけではないという自己弁護だったが、イソキはもちろんマキヲの不手際を責めていたのではなかった。マキヲに残った饅頭の欠片《かけら》を手渡し、食べてごらんと顎で言う。マキヲも口にした。

「あれ……」

マキヲも戸惑っている。こうして三人が問題を共有した。蒸し饅頭の餡は海老糝薯だ。海老のすり身に卵白を混ぜて蒸し固めたものだ。麩《ふすま》のように寄せ固めた海老の身のほかに韮、若竹、茸《くさびら》、生姜に大蒜といった、だいたい饅頭の餡に御決《おき》まりの具が和《あ》え混《こ》んであり、すこし珍しい具としては木耳《きくらげ》と枸杞《く》子《こ》の実と銀杏《ぎんなん》が一つ入っている。銀杏が当たったのはイソキの一口だった。

海老糝薯餡の蒸し饅頭としては可もなく不可もないものだが……海老饅頭であるか、と言われればどうだろう。

「これを海老饅頭として売っているのかい」

「あの……あの菜館で売っているのはこれです」

「あとは豚や山羊《やぎ》の挽き肉のそぼろ煮、山菜の佃煮、豇豆《ささげ》の甘煮、あとは大当たりが干し帆立でしたか」

「私なら佃煮を当てたいがね。ともかくこれは海老饅頭ではないね。看板に偽りありだね」

「だから店を変えたのかと質してらしたんですね」

「店は変えてません！」マキヲが震えていた。

「分かってる、分かってる。あんたを責めちゃいないよ」

「前からこうだったわけではないんですね？」

「ものが違うね。前は……大振りの芝海老がまるで入ってた」

イソキはちょっと気まずそうな顔をした。マツリカの言っていたことの真意が見えてきたのだ。

「料理法を変えたのでしょうか。料理人が代わったとか……」

「秘訣がどうだろうと、包丁が誰だろうと、関係ないよ。海老をけちってる。いい海老が入らなかったね。出汁が濃いし韮、葱が多い。生姜も多いね。海老を擂《す》って、麩か小麦粉を足して、嵩を増して誤魔化してる。これは羊頭狗肉《くにく》ってやつだね」

「そのことをおっしゃっていたんですね……」

饅頭の味や、マキヲの不手際を責めていたのではなく、違う店の違う商品なのではないかと確認していたのだ。看板にも品名にも違いがないなら、その菜館は人気商品の中味を格下げして同じ価を取ったということになる。「駄目」というのはそのことだった。

「だからってあんな言い方をしなくとも……」

「私の伝え方が良くなかったかもしれません。『不味い』と言挙げしたのは私です」

マツリカの「不味い」という言葉は非難ではなく、単なる事実の陳述にすぎなかったのだ。もちろんただの事実を陳べるだけでも、人は非難や不満の陰影を言葉に添え、文脈と合わせて意図を伝えることができる。しかし今回の話——今回の誤解が生じた一因は、自らの声を持たないマツリカの「不味い」の一声が人伝えに伝わったことにある。

とは言うものの、この饅頭はその店がかつて出していたものに比べて品質が落ちているのではないか、などという含意を「不味い」の一言に読みとることなど、誰にできるという話でもあるまい。

「ハルカゼ、お嬢を呼んできて」

ハルカゼがマツリカの自室を訪ねると無人である。ついでタイキの書斎の重い観音開きを開けたら案の定、マツリカは分厚い絨毯《じゅうたん》の上、タイキの螺鈿《らでん》の執務机の下で、書物の山に挟まれて胡坐《あぐら》座、膝の上に書物を拡げて片手で饅頭をぱくついている。傍にはイラムが正座して、こちらは手すさびに筍の皮を裂いたりしていた。

一ノ谷の貴族の家では粗相を振る舞った子供に対する仕置きの典型が「部屋へ下がらせる」ことだったのだが、マツリカにはたいした罰になりそうもない。これが自室に監禁したところで、まわりに読むものならいくらでもある。それならばと全ての本を取りあげてしまっても痛痒《つうよう》を覚えまい。そのときにはマツリカは脳内に格納された数多ある本を再読して、その突き合わせでもしていれば時間は溶けるように過ぎていくだろう。

マツリカはときどき呆然《ぼうぜん》と虚空に目を留めて、瞑想《めいそう》するように数刻を黙って過ごしたりしているが、そんなときこそ彼女の脳裏には膨大な数の書籍、その記述が行き交って、あらたな頁となって記憶に刻まれていくのだろう。彼女にとっては現物の本などなくとも、読むには事欠かない。

およそ退屈など彼女には無縁だった。

「ここは飲食は禁じられているのでは？」

マツリカは最後の一口をやっつけてから応える。

——早晩その禁は解く。爺さんはこの部屋、私にくれるって言ってるから。

マツリカとても汁気の多いものや粉を吹いたものを本の上で齧ったりはすまいが、もうちょっと蔵書に対する敬意というものを育てて欲しい。それにしてもタイキはやはり遠からず隠棲《いんせい》を考えており、このマツリカが図書館を襲うことになるのだ。大変なことを聞いてしまった。少なくとも饅頭片手の幼女から聞くような話ではない。

「そちらの饅頭は何でした？」

マツリカの眉がぴくりと動いた。祖父と同様に旋毛のところで眉尻が撥ねている。その撥ねたところを少し持ち上げて、まだ最後の一口を咀嚼している口《くち》の端《は》がきりと歪んだ。

——そぼろ煮。これは味が変わってない。

ああ、やっぱり。ハルカゼは自分に頷いた。

——それで、なに？　婆《ばあ》さんが謝りたいって？

「そうはおっしゃってないですけど……」

マツリカはすでに話の要点が分かっていた。厨房で「海老饅頭」の餡がどう堕落しているかについて、一同の合意が得られたのだろう。イソキは小うるさい婆だが、曲がったことは嫌いだ。きっと詫びてくる。

「私の伝え方が悪かったんです。マツリカ様のお言葉を文言どおりにお伝えしても、片言隻句に腹芸が含まれてしまいます」

——どう伝えようと言葉は同じだよ。

「そんなことはありません。マツリカ様は『不味い』というほかに、『おかしい』ともおっしゃっていた。私の取り上げ方のせいで真意を失しました。非難の陰影だけ強調してしまった。御詫びします」

マツリカはイラムの肩を軽く叩いて合図すると、本を閉じて楕円形《だえんけい》の巨大な執務机の下から二人這《は》い出てきた。

それから手の中の本を書架に戻しにいった。まだ何冊もの書籍が机の下には積んである。ハルカゼはしゃがみ込んで何の本かなと上の数冊を取り上げる。と、その下にあった一葉の紙が絨毯の上に落ちた。

紙片は二つ折りの薄紙で、開いてみると畳んだ内側にはマツリカの筆跡が舞っていた。そうとすぐ分かるのはマツリカが左手で鏡文字の形に文を綴る習慣があるからだった。

ハルカゼはいけない、とその紙片を慌てて閉じた。手紙だと思ったのだ。しかしもう遅かった。ごく短いものだったので、一瞥《いちべつ》で中味が読み取れてしまった。

「今日は三角法の本を読みました。三角法は角度の函数《かんすう》なので、逆に角度を三角法で書けます。回るものはすべて三角法で書けるということになります」

二つ折りを本の見開きに準《なぞら》えるなら、それが左の頁に鏡文字の続け字で書かれていたことだった。そして対の右頁には、それに対する「返答」と思《おぼ》しきものがあった。こちらは鏡文字ではなく、続け字でもなかった。

「それでは他にどんな函数で回るものを表現できるか、考えてみよう」

ハルカゼはこの一葉を閉じたまま、本の山のもとあったところに戻した。同じような紙片が何枚も重なっている。

これはマツリカがタイキと文通しているものだと理解した。マツリカが何か読んだものについて簡単な覚え書きを残し、それについてタイキが論評を返している。学習記録であり、往復書簡のようなものだ。マツリカがタイキ老の薫陶を得ているというのは世に知られたことだが、このようにして文字どおりに手ずからの教育を施されていたものなのだろう。

マツリカとイラムを伴ってハルカゼは書斎を出ていく。廊下をいく二人の幼女は手でなにか話し合っている。その後ろ姿についていきながらハルカゼはマツリカの異能はやはり単に天から与えられたのではなく、日々培われたものなのだと思った。


イソキはマツリカを厨房に招くと率直に短慮を詫びた。マツリカの「別にいいよ」は虫を追い払うような仕草だった。それからイソキは煮物の鍋から一椀《わん》の汁を装った。装うときに脂身のところと、煮えの浅い根菜の塊《かたまり》の大きいところを弾《はじ》き除《の》けている。まだ鍋の中は沸き立って灰汁《あく》が泡雲《あわぐも》のように湧《わ》いているのに、イソキが盛りつけた一椀は澄んだ汁に具材が沈んだ、濁《にご》りなく瀟洒なものだった。

気の利いた盛りつけをしながらも、まだ「それにしても言葉が足りない、ふつう『不味い』と言えば、それは文句を言っていることになるもんなんだ」と繰り言を口にしていた。白髪葱《しらがねぎ》を散らして、小瓶の山椒《さんしょう》の練り物を添えて、マツリカに差し出す。

配膳《はいぜん》を待つマツリカにまだお小言を言っていた。

「肘をつかない」

マツリカは椀を受け取って、小瓶から茶杓《ちゃしゃく》で薬味の練り物を取ると、汁に投げ入れた。

「辛いものは駄目なんじゃないのかい」

——今日は駄目じゃない。

「日に依るのかい。我が儘な話だね」

マツリカが煮物のころがる汁を啜《すす》りはじめている間に、イラムが踏み台に乗って、ハルカゼとマキヲのための汁を装った。この厨房はそもそも侍女、侍従の食堂である。マツリカやハルカゼが同席している方が異例なのであるが、件《くだん》の「戦時体制」になってからは大体こんな具合だ。マツリカもその方が良いみたいだった。

ところで、まだマツリカ同様に幼いイラムが、火の番、鍋の番、果ては刃物まで持たされているのに、ハルカゼはいつもはらはらしてしまう。イソキはまだ幼いイラムにかなり踏み込んだ台所仕事をさせていた。手話を解さないイソキがイラムの教育指導をするにあたって取っている基本方針がこれだった。私のやることは全部真似《まね》しろ、と言うのである。この方針が図に当たったか、あるいは勘が良く働きが良いイラムと相性が合っていたか、イソキは少女の家事家政の才にかなり期待を寄せていた。ただちょっとおっちょこちょいなところがあって、イソキはイラムには聞こえぬ小言を繰り続けて、長じるまでにこの不注意なところが改まれば良いのだが、と溜め息を吐くのが常である。

イラムが自分の分を盛りつけるまで、イソキはマツリカの後ろに立って黙っていた。マツリカはすでに詫びは受け入れたし、なんら腹蔵無いといった様子だった。

「汁の味はどうだい。こっちは変わりないかい」

――いつもと同じ。

「愛想《あいそう》ないねえ」

――この味は好き。

「最初からそう言うんだよ」

憎まれ口を返しながらも、イソキは少しだけ相好を崩し、また鍋の灰汁取りに向かった。大鍋が煮上がったら小鍋に取って、高い塔に給食に行かねばならない。

マツリカは椀に口をつけて汁を啜っていた。

「それ、他所でやるんじゃないよ」

椀を置くと饅頭の山を指さした。

――ねえ、これ、なんで不味くなったの。

「いい海老が入らなかったんだね。数も質も揃わなかった。それで擂《す》り身《み》にして麩で嵩増ししたんだ。ちょっと殻が混じってるだろ？　少ない海老で出汁を利かせるために海老殻を煮て、煮汁で糝薯を纏めたんだろう。臭みが出ちゃったから、それを誤魔化すのに薬味を足してる」

——いんちき？

「海老饅頭だとはぎりぎり言えるだろうね。でもあの菜館が出してた海老饅頭では最早《もはや》ないね」

——どうして丸の海老が入らなかったの。

「それは……魚屋の都合じゃないかい。いつでも同じ材料がふんだんに手に入るとは限らないから。漁は水物だよ」

——海老はどこで獲《と》るの？

「芝海老は北海《ほっかい》でも南部州でも獲るよ。底引き網で獲るんだ」

ハルカゼが割って入った。

「北東部直轄州では休漁しているかもしれません。底引き網は船を出す漁ですね？」

「この目で見たことがあるわけじゃないからねえ」

——何で休漁してるの？

「海軍が出ているはずです。今、北東部にも南部諸州にも海軍を派遣していますよ。漁船の往来が制限されます」

——なんで海軍が出ているの？

「そっちに反乱軍が組織されている節があるからです」

——じゃあ反乱軍のせいで海老が獲れないってことだね。

「だったらどうなんだい？　お嬢がやっつけてきてくれるのかい？」

マツリカはちょっと考えた。まさか「ちょっとやっつけにいこう」と考えているわけではあるまいが……。

——南の海ではまだ獲れるんだよね。

「どうでしょう。それこそ魚屋さんに訊いてみればいいのでは？」

——訊いてみてくれる？

こうしてハルカゼは「なぜ海老饅頭が不味くなったのか」、その原因を確かめるという使命を帯びることになってしまった。自分を図書館に派遣した者たちが聞いて驚くだろう、「図書館はまだ年端《としは》もいかない少女に次代の長の立場を禅譲しようとしている」という知らせなど、どこかに吹き飛んでしまった。

ハルカゼはこれからしばらく一ノ谷の港の菜館にどうして新鮮な海老が届かないのかという「大問題」に掛かり切りになってしまったのだ。

「お嬢がそんなに海老饅頭にご執心とは知らなかったよ」

——お嬢って呼ばないでよ。

「じゃあ、婆ぁって呼ぶんじゃないよ！」

2
高秋

月宣言日《カレンダエ》から一旬節の間、図書館の中では人手が急に膨れ上がったり、突然に人の足が遠のいたり、まるで脈動するように人員の増減があった。離れに仮寝を求める人数や、広間に給食を待つ頭数にも、行き当たりばったりの増減があって、イソキはじめ離れの家政を処理する使用人はてんてこ舞いが続いていた。

それもそのはず、タイキの号令のもと、図書館とその連絡員が海峡地域中を飛び回っていたのだ。

先にあった、来たるべき第三次同盟市戦争の前徴《ぜんちょう》となるだろうと見做されていた反乱軍の国家承認要請の会議はほぼ決裂に終わり、一ノ谷は承認を出さず、周辺諸国からは承認の声があがるという一触即発の状勢となっていた。

動乱の早鐘が鳴っている。

そんな中で連絡員は陸は駅を辿って早馬を乗り継ぎ、海には時化《しけ》にも海峡を渡る船を都合して、海峡地域の同盟市諸州に、それから隣接する諸国に、図書館の番人からの書簡を届けていた。すでに国書の遣り取りをするには時宜を失し、正式な外交使節による連絡ですらなかった。それどころか場合によっては、その連絡は名宛《なあ》て人《にん》のところに届くことを期待されていないことすらあった。先方の政治的裁可を司る重職を名宛て人としながらも、途中で握りつぶされ、隠されてしまうであろう通信がいくつもあった。

それでもそうした通信は隠蔽《いんぺい》されてなお、「届くべきところ」に舞い落ちていったのだった。すなわち相手国の政治的決断に影響を及ぼす情報を集約し、選別し、ときには捏造しさえする集団がある。それが届くべきところだ。

時の戦役の帰趨を占うのは、一に国力、すなわち国土、国民と農業生産の規模が底支えとなり、くわえて産業や貿易に優越すること、それが戦費の担保となる。これが戦の力となる。第二に武力、すなわち軍事組織の規模ばかりでなく、兵の練度と武装の洗練が果たされ、それから軍略に明るい将帥があらねばならない。これが戦の技となる。

そして今日の海峡地域で用兵を所轄する参謀に要求されるのは、どう戦を遂行するかということ以前に、戦は何処に起こるのかを正確に予測し、さらには何処に起こすべきかを策定することだった。有り体《あてい》にいって戦役は火蓋《ひぶた》を切る以前に始まっており、機務密謀に参与するものは用兵以前に諜報《ちょうほう》に長《た》けていなくてはならなかった。すなわちそれが戦の智慧《ちえ》となる。

したがって一定の軍事的実力を具えた都市国家や戦闘集団にはかならず情報収集に専従する部門が設けられるものであり、平時から潜在的な敵国には間諜を遣わして情報収集につとめ、場合によっては敵組織に永続的に潜入せしめて内情を把握した。そうした敵に浸透した間諜、窺見《うかみ》は草屈《くさかまり》と呼ばれたが、こうした草をどれだけ多く、広範に掌握しているかが諜報組織、すなわち用間の府の情報力を左右し、さらには展望の広さ確かさを担保するのである。

そして各国に鏤《ちりば》められた草の真骨頂は、超人的な武力や異能にあるのではなく、単に敵に潜み静かに浸透し平生の業務を果たすことにあった。彼らに武勲があるとすれば、それは剣を握り、弓矢を取って果たされるものではなく、危険を冒し蛮勇を振るってなされるものでもなかった。むしろ不断の沈黙と平穏な日常を保つことに真面目《しんめんぼく》があり、彼らの組織への貢献は、敵内部での人脈構築と、場合によっては宣伝工作、それから一朝事あれば迅速に連絡を齎《もたら》すことによって果たされる。つまり草の武器は、彼らの日々の営みと筆であった。書簡であり、通信である。

極論すれば一ノ谷の用間の王がしていたのは、まさしく書簡の遣り取り、それだけだった。

そして高い塔の書簡を取り継ぐ運びになった者は、それを素直に名宛て人のところに届けるとは限らない。そうした情報を横取りし、先取し、検閲し、場合によっては握りつぶすことすらあるのは、もちろん先方の諜報組織に他ならない。ニザマなり、アルデシュなり、南大陸の諸国家なり、一定の国力、軍事力を確保しているところならば、かならず軍統帥者のすぐ近くに何らかの間諜組織を構えている。今日の海峡地域ではますますそうした情報機関の重要性が高まっており、そうした組織の長はしばしば国の領袖の意図とは別に情報の取捨を差配してすらいる。

戦争を勝利に導くのは国力であり、武力である。優れた将軍や士気の高い軍勢、そして巧みな軍略によって武功が齎される。しかしそうした目に付く武勲の齎されぬところで、何処にどんな理由で戦役が生じるのか、何時どのような形で戦役を起こすのか、それを知り、それを調《ととの》えるための、静かで永続的な営みが進められつつあったのだ。

そしてタイキの意図はもっと大胆な発想にあった。かかる情報をめぐる闘いによって、何処に戦役が起こるのかを先んじて知り、何処に戦役を起こすべきかを予め操作できると言うのならば……何処に戦役を起こさないかだって選べるということではないだろうか。

したがってこの情報戦の最大の相手は、もはや敵国の軍隊ではなく、敵国が抱える諜報組織そのものとなる。こちらの手渡す情報を、その記された名宛て人に届く前に横奪して検閲するもの、それが高い塔の書簡の本当の名宛て人であり、文通相手だったのだ。

それは中途で開封されるべき信書だった。検閲され改竄《かいざん》されることが前提の「秘密通信」である。

タイキは「漏れてしまった秘密」によって、海峡地域の十二を数える都市国家、植民市、属州の動向を縛ろうと画策していたのである。

秘密は漏れてなお武器になる。蓋《けだ》し、人から教えられた事情よりも、自分主導で掠め取った事実の方を人は容易く信じるし、それを自分の見解であると錯誤するものだからだ。

月中日《イードゥース》が近づいた。それはたまたま人員の脈動する図書館にあって、数の多い方の時宜だった。離れでは食材調達に城下に出なければならないマキヲと手伝いの臨時雇いの使用人が、朝から荷車の修繕をして軸受けに油を差したりしていた。いつもは十貫えば足りる蕪《かぶら》を百と贖ってこなければならない、それが一事が万事にわたる。

荷車の方は臨時雇いに任せて、マキヲは御遣いの順路と順番を丁寧に計画している。大荷物を荷車で引くのだから順路が合理的でなければ無駄働きになる。とくに五段目の港町の市まで下りる予定があるので経路も重要だ。三段目の街路は緩い上り坂を上がらねば王城に帰ってこれないが、その界隈の通りはだいたいは角が丸く磨《す》り減《へ》った古い石畳で、荷車の車輪の金枠がぶつかり荷を揺さぶって骨折りが大きいのだ。単に最短距離を選んだのでは苦労が増すこともある。

それからもう一点、港の氷室《ひむろ》を訪ねる用件をマツリカから言い渡されていた。

一方、高い塔の地上階大広間では小会議室から溢れでた館員、連絡員が、広間に椅子を寄せて大きな車座を作っている。この広間の床には敷き石の嵌め絵があり、文字とも雷紋とも見える幾重もの円弧が平滑な床に象眼で刻まれている。数十の椅子が疎《まば》らに、しかしちょうどその床上の円弧に沿うように並んでいて、切れぎれの椅子の円にすでに館員が腰掛けている。旅装のままの者も幾人かあり、それは外地から戻ってきたばかりであるか、あるいはすぐにも任地に発《た》つ準備であるか、さまざまだった。

床の象眼は広間の中央に眼《め》の開いた掌の意匠が描かれており、これが高い塔の重心を支える全知の眼である。この眼は広間壁面に並ぶ樹木のような柱と迫持《せりもち》が形作る、遥か頭上の穹窿《きゅうりゅう》の頂点を見上げている。

小会議室からぞろぞろと出てきた者たちが三々五々、空いている椅子に着く。

玄関口の正面には塔の背骨をなすような太い円柱が壁近くに突き立っており、これに螺旋《らせん》階段が巻き付いて上階の書庫へと続いていく形だ。この地上階はあたかも大伽藍《だいがらん》のごとく高い穹窿を見あげる大広間であった。

入り口広間の突き当たりの螺旋階段の足元には幾つかの書見台が並んでいる。本来は図書館の業務に使われている卓だが、いまは階段の近くにまとめて運び寄せて片づけてあった。そこにマツリカとハルカゼの姿もあった。

マツリカは書見台に寄せた高い丸椅子に腰掛け、足を宙に揺らしている。ハルカゼはその隣で書見台に少し凭れるようにして立っていた。調達に出たマキヲと二人の男手を離れの跳ね橋のところで見送ってから、日の昇りきらぬ朝影の堤を抜けて登館していたもので、道を急いだのは日が昇る前にハルカゼが図書館に着きたかったからである。マツリカは別に図書館に急ぎの用はなかった。もともとはマツリカは寝穢《いぎたな》く寝坊を決め込むのが常だったが、今朝はマキヲに用を頼む都合で珍しく早起きしていたのだ。だから今もまだマツリカは眠そうで、館員が広間に集合しつつあるのにも、あまり関心を払っておらず、うつらうつらとしていた。

やがて会議室の奥から図書館の番人は姿を現した。夕べも夜を徹して何か書いていたのだろう、老人はいつもならもっと堂々とした押しだしであるところ、疲れ切っていたのか、いまは背を丸めて文官の黒衣を引きずるようにして、館員の描く円弧を抜けていく。そばにはエニスの姿もあり、彼を支えるように付き従っていた。

タイキは広間中央の全知の眼の直上にへたり込むように膝をつき、長い溜め息を吐いてから冷たい石の上に胡坐座に座り直した。

館員は椅子の輪を狭め、中心に視線が集まる。誰も言葉もなかったが、衣擦《きぬず》れや咳払《せきばら》いが、まるで音楽会の演奏を待つ幕間《まくあい》の騒《ざわ》めきのように一座に広がっていく。

「では、質問に答えよう」

本来は高い塔のような諜報に携わる機関では、このような軍議や決起集会のごとき全体会議は行われないものだ。関係者を一同に集めて基本方針を通達し、意思の統一を計るというような機会は設けない。

連絡員の運用にあたっては、少人数の班に別れて緊密な連絡を取るのが普通の構図である。全体会議にかけて組織や工作の全体像を開陳する機会などは無用なのだ。それは情報の漏洩《ろうえい》の機会を増やすに終わるばかりだから。他部署の仕事は知らない方が互いに秘密保持の都合が良い。

しかし今回の特殊な工作にあたって、各部署に国内外の間諜が入り込んできているのは明白な状況下にあって――というよりもタイキの密かな基本方針としては、それが明白な状況下であるからこそ、なのだが――館員や連絡員に全体の構図を明らかにする席を特に設けることにしたのだった。

タイキの底意を知るのは、参事格のロワンや東方文化顧問の丘博士、それから側近と言ってよいエニスなど、ごく数人にすぎなかった。他の多くの館員は、ここしばらく続いている激務の意味を知らず、その意義を知らされていなかった。あと少しで仕事の仕上げにかかるところで、皆の意気を一度引き締めて残務にかかるべく、彼らが「いま何をやらされているのか」を明らかにして、あらためて檄《げき》とする、というのはもっともな方針と受け取られている。

もちろんそれは口実の一つで、これもまた工作の要である。漏れ出る情報に首尾一貫した物語が添えられていれば、それを手にしたものの理解と反応が予測しやすくなる。つまりこの会議の本質は、館員に檄を飛ばすことではなく、情報が漏洩して伝わっていく先様に今回の工作の大きな意匠がどうなっているのかを分かりやすく教えてやることにあった。

「トマサコ、まだ旅装束のままだね」

「……ええ、港から直《じか》に参りましたから」

車座の中にまだ船装束を説いていないトマサコという古株の部下を見つけたタイキは声をかけた。

この季節には南の内海の気団の勢力が強く、海風は夜半から朝にかけて吹く。そのため大きな帆船は朝に港に着くためしが多かったので、こうして帰国早々に登館する者があったのだ。

「キュレネはどんな具合だったね。承認会議は……」

その話ならすでに案内なはずだった。承認会議についての速報は彼の帰国を待たず、すでに一ノ谷に届いている。トマサコはもちろん、ほかの図書館に就いて長い館員たちはみな、この会話の意味を悟った。この会議はこういう趣旨で開かれたのだ。内外の事情を組織全体で共有しようとしている。異例の方針だ。諸州の動向についての情報はすべてこの会議の中で公のものとなる。そして図書館に間諜を使わしている者たちに、その話は全て漏れ出ていくことになる。そうした会議の雰囲気を定めるために旧知のトマサコをさくらに使っているのだ。

タイキは、いわばすべての札を表に返して卓上に曝したかたちで、この勝負を進めようとしているのである。

「一ノ谷だけが承認をせず、孤立するような形になってしまいましたよ。キュレネでは酒神祭《バッカナーリア》が開かれている時期ですから、各国の代表はそっちにも顔を出してたみたいですが、一ノ谷だけはとんぼ返りです」

トマサコは一同の前で簡単に反乱軍の国家承認を一ノ谷元老院が撥ね付けた件について説明した。

「元老院にも承認を是とする派があったはずだったが……」

「結局、徴税権を手放すのを嫌った者が多かったようですね。南部州反乱は市民軍の主導です。あちらでは……」

あ、あちらというのは南部州属州西域のことで、会議のあった南大陸のキュレネの隣で、一ノ谷の島嶼海に及ぼす勢力圏の最西部にあたる。国軍の派遣の持ち出しが大きいので自治に傾いていた属州では、市民軍を率いる市民階級の護民官の権威の方が大きく、属州司令官に元老院が付託した指揮権《インペリウム》との葛藤《かっとう》があった。軍事的な自治を望まれているのだから、政治的な自治も認めるべきだというのが、多くの属州の共通見解で、それはそれで筋が通っている。

「……市民から徴兵して、市民から責任者も選んでいるのに、中央貴族が徴税権を手放さず、口出しだけしてくるのはおかしいだろうという論調なんですよ。隣のキュレネでもそれに賛同している訳ですが、それは近場に国家が樹立するなら、島嶼海諸州の仲間に引き入れられるな、という読みもあったでしょう」

「島嶼海の隣国に一ノ谷領土を切り崩したいという底意があるのは今に始まったことじゃな

いからな。問題はついに徴税権なのか。つまり守旧派の議員連が財布を手放したくないと。だいたいこんな理解で良いのかな、親愛なる我が友トゥッリス・マールクス」

一座に居た若い議員に、タイキは略式ながら元老院議員間の呼びかけで話しかけている。車座には微《かす》かなどよめきが伝わっていく。図書館のものでも、連絡員でもないものも紛れ込んでいるのは分かっていたが、元老院議員が連れのものも伴わないで列席していたというのである。見れば、まだ若いトゥッリス・マールクスは元老院議員の長衣《トガ》ではなく、南部州の平服を纏って一人で泰然と座っていた。ヒヨコの徒　名《コグノーメン》で呼ばれる、南部州総督府の参事である。すでに総督府の実務を全般に取り仕切っていると言われる新興貴族の代表の一人で、彼は図書館からの連絡員に書状を渡す代わりに本人がこの会議にまで足を伸ばして出席しているということになる。彼の管轄は今回反乱の火の手が上がった最西域から一衣帯水の地域だ。

意見を求められたヒヨコが何でもないことのように答えた。

「それより大きいのが徴税権と連動している利息制限なんですよね」

「金融の自由を認めろということなのか」

「南部州の最西地域に限らず新興貴族《ノビレース》の収入は貿易に傾いています。それで自分たちの事業に投資を募《つの》っているんですよ。今の西方での海上貿易は克拉克船《キャラック》の船団が主流になってから規模がより大きく、販路もより広くなってきています。その貿易から直接商業上のあがりを得るばかりでなく、貿易そのものを商品にしようと考えるものが多くなっています。つまり中央の投資家に出資を募って、利益を配当として配るという座組みです」

「そんな上手《うま》くいくものなのかね、海上貿易はどこか博打《ばくち》に近い部分があるだろう」

「そこで海上の事故を補償する船担保っていう仕組みが考えられたんですよ。タイキ老、ハカラバナの漁民の間の『海講《うみこう》』ってやつを知っていますか？」

「漁師が海難で帰ってこなかったときに、家族に講が見舞い金を出すっていう制度のことだろう」

「そうです。これは漁師みんなに起こりうることだが、ひとたび海難に遭えば漁民は老若に拘わらず命を失うし、漁船も手に残らない。危険が多い仕事ですから、どこかで補償を付けておきたい。それであらかじめ皆の持ちだしで講にお金を集めておいて、危難の際にはそこから損害を補塡《ほてん》する。この仕組みを商船の船団にも持ち込んだんです」

「それが船担保ということか」

「そうです。ひとたび船が沈めば丸損になる、それで船主は破産です。その損失危機を回避するのに、沈んだときの補償を付けて、その持ち出しは全船主で薄く負担し合う。いわば商船の『海講』ってことですよ。これは船主の利益を守るばっかりにとどまらない、この経済上の命綱を設けたことで、船便そのものが安全な投機的商品になる。投資が見込めるってことです」

「その投資に南部州の新興貴族が乗り出している、と」

「ところが、その際に邪魔になるのが利息制限なんです。投資のために融資を受けようとしても、中央の金貸し両替屋はこうした新規の投資には難色を示しがちだし、南部州の金貸しには中央からの利息制限がかかって利鞘《りざや》を左右できない。従って融資が得られない、すると投資も行われない」

「なるほど新しい商圏に新しい仕組みを持ち込んだのに、金融の不自由さに隘路《あいろ》が生じてしまうのだと」

「中央貴族が水門の口金の開け閉めを取り仕切っているわけです。あちらの不満の焦点はここですよ」

「それでは徴税権を保っても、利息制限だけ解除してやれば、その不満は封じ込められるのじゃないかな」

「そうも行かないんですね。そもそも新興貴族と、その一派の属州の実業に携わっている連中が望んでいるのは、金融制限を緩めてもらって中央貴族の肝煎りの金貸しから融資を得ようっていうことじゃあないんです。すでに資金は海峡部同盟市外から迂回融資で調達しています。一ノ谷中央が貸してくれないなら、他所から借りますよということで、利息制限はこの迂回融資で事実上骨抜きになっている」

「ならば現状でも何の不満もないということにならないのかね」

「彼ら南部州の属州の貿易に利権を持っている連中が何を望んでいるかというと、この経済を合法化することです。現状ですと一ノ谷は同盟市構想に参画する諸州に、迂回融資の禁止と利息制限の徹底した履行を求める立法動機を持っています」

「一ノ谷はこの商売を違法として潰すことができるのか」

「だから一ノ谷からの離反を望んだんですよ。彼らが求めているのは本質的には金融を巡る規則を中央に左右されたくないということに尽きます」

――あの人だれ？

車座から少し離れた階段下の隅で、マツリカが訊いてきた。ハルカゼは耳うちして答えた。

「元老院の議員です。ヒヨコと徒名されている人ですよ」

マツリカは口の端をきりりと上げた。

――ヒヨコ？　なんでそんな名前なの？　ヘビとか、モズとかって徒名の方が良かったんじゃない？

ハルカゼは含み笑いを押し隠した。確かに喰うか喰われるかの闘いで、喰われる方に回されるとは思えない。

「ちょっと危ないまでに怜悧《れいり》な人ですよね。御覧になったように大変優秀な方なのは知られています。南部州総督府は実際はほぼあの人が差配しているという噂です。たぶん今の総督は追い落として後に座るんじゃないかって」

——新貴族の一人ってこと？

「そうですね。家格は低いようですが、ものともしないでしょう」

——じゃあ、反乱軍の味方なの？

「大きい傾向としてはそうなんでしょうけど……反乱軍っていうよりは属州の自治権を拡大すべく立ち回っている感じです。もうあの人の名前のついた法案が幾つも元老院を通過して法文庫に届いていますよ。いずれも属州の利益を睨んだ合理的で説得的な法案なんですけど、中央の建国貴族や旧貴族連への目配せもあって、上手い落としどころを用意してきますから、立法成立になることが多いんです」

「それでは、それが南部諸州共通の問題なのか」

「共通というと違うでしょうね」とトマサコが割って入った。「ヒヨコ参事がお治めになっているあたりだと、そういう問題が大きいんでしょうが、南部州でも東大陸の方、同盟市諸州の首班が置かれている方では新規開発の荘園《しょうえん》が新貴族の経営になるものです。こちらは求めているのは徴税権そのもの、自らの持ち出しで開発した利権を中央に掠め取られるのは御免こうむりたいという腹の者が多い。ただ、同じ南部州でも東大陸の同盟市は反乱軍の蜂《ほう》起《き》や、同盟市構想からの離反を警戒する必要はなさそうな状勢ですね。そちらでは軍事的、政治的独立は焦点になっていかない。何故《なぜ》って対外的な危機に対して私費を投じて私軍を充実させようという気運が希薄だし、そもそも対外的な危機というのが喫緊の問題として想定されていないからです。軍事的には一ノ谷中央の傘の下に収まっており、それがより安全で安上がりなことと見ています」

車座の外側に椅子を引く気配があり、見れば丘博士が外側の列に着席していた。トマサコはやや声を潜めて手短に話を纏《まと》めた。

「同じ南部州でも東大陸の同盟市は古株ですし、一ノ谷中央のお膝元になりますから、よもや元老院だって、そちらに国軍を派遣しようという話になったときに、いや待て、と言い出す者は出てこないでしょう」

「同じ南部州の旧植民市、直轄地の中でも自治の水準が異なっているし、自治の求められている範疇《はんちゅう》が歴史的にさまざまなんだな。ひと言でいえば求めるものがそれぞれ異なる」

タイキの言葉に頷いてヒヨコが付け加えた。

「南部州でも島嶼部の属領ですと、反乱、離反の気運は大きいですね。こちらでは要求項目は市民権です」

トマサコは目礼して席を立っていった。

「同じ南部州でも一枚岩でないのは理解していたが……」

「島嶼部属領は旧植民市、直轄領などとは違って一ノ谷が手ずから育てた地域ではありませんからね。単に一ノ谷に負けて軍門に降った都市国家です。現状同盟市構想に賛同しているのは表面的なことで、現地ではそれは軍事的隷属にすぎません。加えてこちらが旧直轄地の離反に喘いで版図周縁で弱体化する流れになれば、キュレネみたいな島嶼地域の非同盟国がちょっかいを出してくるでしょう。そのときに最初に矢面に立つのは島嶼部属領ですから……そちらでは軍事的に押さえつけられているだけなのに、一ノ谷の有事には軍事的に矢面に立つという理不尽がある。これは我慢ならんでしょう。軍事的隷属を解消して反乱に出るか、あるいははっきり一ノ谷の一部に組み込んでもらい、海軍の勢力範囲に入れてもらいたい。したがって外地の属領としてではなく、一ノ谷の一部として扱い、市民権を保証し、代表権をも寄越せと。一ノ谷中央に代表を送り込んでくるつもりですが、ある意味当然の要求です」

「彼らからすれば問題は、我々を一ノ谷の一部として扱うのか、否か。すなわち市民権を与えるか、しからずんば反乱、というわけか」

タイキは一座を見渡し、西方伯領帰りの者を探した。

「ハカラバナからは……？」

「タイキ様、戻っております」

手を上げたのは王宮に常置されている宮廷図書館に出向する図書館員のイチイである。文官の黒衣ではなく王宮出入りの官吏が着用する濃い茶のお仕着せを身に纏っている。彼女は宮廷図書館と高い塔の間に日配の連絡路を確保しており、二図書館の業務提携に務める傍《かたわ》ら、高い塔と王宮の意思統一のために相互の情報を融通しているのは公然の秘密であった。内政上の政敵にあたる議会筋からは常時観察されていた。その彼女が西方辺境伯領に特使として往復してきたのは、西方伯領は王族の影響力の強い地域だったからだ。辺境伯は累代、王族の傍系が襲爵している。

「カリームは捕まらなかったとか……」

「カリーム・レコンクィシストル閣下は居所が定まらないので。一人ハカラバナに残してあるので風伯《エウロス》閣下が一度お寄りになれば、それ以降は風伯閣下の騎兵隊に同道できると存じます」

「あちらでは問題は……」

「辺境伯領は一に外患です。半島全体に内憂はなく、もっぱら地峡部での防衛線の維持が常時の懸案になります」

海峡西方から内海に大きく突き出した半島部はその付け根に位置する隣国アルデシュとの国境紛争が続いている土地だったが、ここを辺境伯領を束《たば》ねて護持しているのが風伯カリームのその一族である。傍系とはいえ全員が王族で、いわば西方防衛は王宮の親戚《しんせき》の一家が長らく担当していた。激戦区ではあるが政治的には中央との一体感があり安定が見られる。議会筋の貴族連の権勢が小さいので内部分裂の憂《うれ》いも希薄である。

「アルデシュは国境線を押し下げたいんだね」

「ええ、アルデシュはここ十年という単位で不作が続いており、台地の農地新規開発が追いついていない」

「低湿地の穀倉が次第に生産力を失う例は史上に幾つも見られる。おそらく問題は今般の日照りではないね。直近の気候変動に右往左往して、対策を誤れば不作は覆せまい。台地に運河を拡げて農地を拡張するのではいたちごっこが続くばかりだろう」

「西方で一番警戒しているのは海峡西岸の諸国家がニザマの主導で同盟市構想を二分して、ニザマが西岸の領袖として立とうとする脚本です」

「そうした兆《きざ》しがあるのか」

「西岸同盟市は日に日に結束を強めている……というよりもニザマの支配に膝を折りつつあります。そちらで大きな武力衝突が火の手を上げているわけではない。ニザマは武力で折伏《しゃくぶく》するのではなく、政治的にもっと上手く立ち回って同盟市二分の奸策《かんさく》を繰り広げつつあります」

「西方の問題は最終的にはどうしてもニザマを牽制する必要に行きつくようだね」

「辺境伯領での内政上の懸念があるとすれば、やはり市民権の問題があります。地政上、外国人の多い土地です。辺境伯領では高位の将官に積極的に外国人を登用していますから……市民権の拡充はいずれ押し込んでくる注文になるかと存じます」

「おなじ市民権の要求でも性質が島嶼部とは異なっているのだと」

「ええ、風伯の騎兵団はちょっとした傭兵団《ようへいだん》みたいなんですよ。荒くれの集まりです。さまざまな人種が入り交じっていますし、出自も身分もさまざまで……風伯は武功の褒賞を平らに均《なら》して配下の競争を奨励していますが、そこでどうしても身分の調整が必要になってきますから……」

「出自の異なる配下の軍功に報《むく》いるに封爵の権を動かしたいということか」

「そういうことです。元老院の建国貴族は反発するでしょうが、西方伯領では時宜を待って強く主張してくるでしょう。そのための武勲の貯金をしているような具合です。今回の内乱頻発の機運を利して、一ノ谷が属州、直轄領を遠隔地に失おうがどうだろうが、必ず法案を押し込んでくるでしょう。そんなわけで西方辺境伯領では版図全域での戦乱を歓迎しています」

「国が荒れて有り難いってわけだ、呆《あき》れた話だが。もっとも長年荒れ続けの地域を力で押さえ込んでいた連中からすると、一ノ谷中央の貴族連や議会筋が旧植民地運営に手を拱《こま》ねいているのなんか、同情に値しないというところなんだろう」

それから一座を見渡すと、当然自分の番かと館員が手を上げる。北部直轄地諸州を歴訪してきたコウノキという中背の男でこちらは図書館の黒のお仕着せだが、従者を供にし、すでに旅装を調えている。帰国直後のトマサコとは反対に、今日にも再び北部諸州へ発つ身であった。コウノキは丘博士のもとに立ち寄り、なにか相談していた様子だったが、タイキのご指名がありそうだということで気を利かせたのだ。彼に何か言付けていた丘博士は拝揖《はいゆう》して図書館から下がっていった。

「北はどうだね」

「海峡北部同盟市直轄地諸州では湾岸部と内陸部でそれぞれ別の自治獲得の動きがありました。いずれも市民軍を招集するところまでいっていますが、これが中央に対する牽制なのか、本気で弓を引くつもりなのか、それは中央の出方次第でどちらにも転ぶでしょう。湾岸部は一ノ谷海軍がもう海上封鎖にかかっていますから、ここから反乱の狼煙《のろし》を上げるのは難しいと思いますが、すくなくとも交渉の材料として一歩も引く気はないという姿勢を見せておかなくてはね」

「コウノキ、君の見立てとしてはどうかね。一歩も引く気はないのか、それは虚勢なのか」

「海上封鎖は直轄領に出すにはちょっと大規模でしたね。あれはニザマへの示威行為という面もあったのでしょうが、脅しは効いています。湾岸部では武力衝突は無いでしょうね」

「そちらの要求項目は何なんだ。何を目指して自治を謳い、独立を望むのか」

「独立を望む気運は無いです。むしろ直轄地である以上、本国同様の待遇を要求しているんです。これも広い意味での市民権の問題ですね。争点となっているのは上訴権です」

「上訴権……」

「湾岸部直轄領の高位政務官に付託されている指揮権はかなり大きいものです。湾岸部は海峡北海の最前線にあたるので、招集も頻繁だし、平時にも予備役に回す余裕がありません。というか平時がほぼ無い。常時、潜在的な戦時体制が継続していますので、他の南方の属州などと比べると地場の産業や荘園開発にまわす歳費も人的資源もありませんから……」

「そのために一ノ谷中央からの農産物輸入が定常化しているし、歳費も中央から投じられているはずだろう？」

「ええ、だから中央に対する経済的な依存は大きいし、政務官権限も莫大な訳ですが、これは湾岸部直轄地自身の責任ではないだろうというのです」

「責任？」

「つまり湾岸部直轄地が一ノ谷中央に依存しているのではなく、湾岸部直轄地を遠隔地の要衝、すなわち軍港のごときものとして確保しておきたい中央の貴族が国費を持ち出して湾岸部を準戦時状態に保っているのであって、それは湾岸部が依存しているのでなく、中央が湾岸部の戦争準備に依存しているのだと主張している」

「なるほど」

「つまり湾岸部直轄地は極論すれば一ノ谷の軍事施設にすぎず、港湾城砦のごときものが必要だとする中央の要請に従って、臨戦態勢を解除できないでいる。そのために独自の産業を育てることも、豊富な海産資源の貿易に乗り出すこともできないでいる。軍事重点主義は中央の都合であってみれば歳費の注入は当然の権利だし、湾岸部の兵力供出元になっている騎士階級も、その下の市民軍も、事実上は一ノ谷常設軍の一翼を担っているのであるから、それと同様の待遇を与えて然《しか》るべきである、というのが主張です」

「つまり市民軍からの突き上げがあって、それを束ねる騎士階級が挙兵の姿勢を取っているということか。それで一ノ谷中央を牽制していると」

「いえ、これは市民の反乱というよりは騎士階級の主導です。湾岸部直轄地の実力を担保しているのは騎士階級以下の市民軍ですが、お飾りに近い政務官権限の方が大きいことが不均衡を齎していています。具体的には騎士階級は、上訴権——すなわち政務官の裁定に対して一ノ谷本国に再審査を願い出る権利を要求しています。これと連動して政務官の弾劾に係る権利がおまけに付きます。要するに、現状では単なる兵力として囲われている騎士階級が、自分たちこそ直轄領の防衛力の礎であり、また直轄領民の本体でもあるのだから、一ノ谷中央と同様の市民権を十全に確保して然るべきだ。政務官の横暴には反駁する力を、そして場合によっては自分たちの主導権の元で、政務官を挿《す》げ替《か》える術を、と訴えている訳なんです」

一ノ谷がこの半世紀に劇的に版図を拡げおおせたのには、一つ大きな要因があった。それは戦役をもって平らげた都市国家、部族国家に対して、属国として服属を強いるばかりではなく、一ノ谷市民として迎え入れるという方針を極力採っていたことである。

つまり一ノ谷という国家を構成する「国民」とは、土地や民族、宗派や門閥に依らない「一ノ谷の法に服《まつろ》う者」のことである、という発想である。これは本国一ノ谷が徹底した成文法主義の法治国家であったことに由来するのであるが、その法治の原則に従えば国民の定義も法に則《のっと》って規定されるのであり、その法の示すところにより「一ノ谷市民権」は一ノ谷の法に服う限りは他部族、他民族、さらには解放奴隷までにも適用されなければならない。

一ノ谷の法に服う――それはつまり一ノ谷成文法に対し遵法的であるということで、さらには兵役や納税の義務を果たすことを意味するが、属州補助兵に招集されれば州民税は免除となるので、ここでの一ノ谷市民の義務の焦点は一に軍務である。ところで、新たに迎えられた直轄領や属州の兵員を構成する外国人、他民族、他部族の民は、いわゆる翼《アウクシリア》軍に属する補助兵として扱われ、だいたい所定の期間の軍務を満了すれば市民権が与えられることになる。すると一ノ谷市民となるのには段階があることになる。

ところで、北部直轄地湾岸部の兵員は、現地召集の他民族騎士階級を中心に構成されている市民軍であるが、兵役に服務しているばかりか、それが事実上の常備軍であり、事実上の軍事力を担保し、事実上の「領民の本体」でもあるという。それはすでに十全に一ノ谷市民であるということにならないのか。なぜ市民権に制限が付けられ、中央から派遣される御仕着せの政務官に一方的に服属し、不当な裁定にも従わねばならないのか――直轄地騎士階級の不満はそうしたものだったのだ。

「なるほど……騎士階級にとって一ノ谷北部防衛の要は自分たちであるという自負がある。しかしその自負に見合うだけの市民権を得ていないということか。そして要求項目の焦点はまずは上訴権、そして政務官弾劾の審判人制度の設置……理に適ってはいるな」

「タイキ様はどうも属州の言い分を真に受けすぎなのではないでしょうか」

「しかし君らの報告を聞いている限りでは、一ノ谷中央の横暴に対して、正当な権利を要求しているようにしか聞こえない」

「それはもちろん、誰だって『これは不当な要求だが』と言って要求するものはいません。要求するからには正当だとして要求するに決まっているじゃないですか」

「良いことを言うじゃないか、コウノキ。いま挙兵して、中央に反旗を翻《ひるがえ》そうとしている者たちはみな、『間違った要求をしている』つもりなどさらさらないだろうね。当然『正当な要求をしている』ものと自負している。そして、その自負は個人的な情実に拠るものではなく、同僚や、部下や、市民にも共有されている。だからこそ市民軍を束ねることができるのだし、だからこそ下の者たちの期待や願いを背負って、一ノ谷中央に抗って『正当な権利』を得ようという困難な事業に乗り出している」

すこし呆れを表情に出して、エニスが口を挟んだ。

「だとすればそれを鎮圧しようとする一ノ谷中央は『不当である』ということになるのではありませんか？」

「いや、そんな単純な話ではない。こちらにだってこちらの都合というものがあるし、正当性というものもある。だがおよそ戦役というものは――いや戦ばかりではない、議会の訌争《こうそう》でも、訴訟沙汰《ざた》でも、家族間の諍《いさか》いでも、路地裏の与太者《よたもの》の喧嘩《けんか》ですら、対立する当事者双方が『我こそ正当』と自負しているものだよ。私は間違ったことをしようとしている、なんてそんな心積もりで争いに乗り出す者などいないのだよ。それぞれの正当性のもとに争うのだ」

「それでは……」ふたたびコウノキが問いかける。「それら相互の正当性を比較衡量しようということなんですか」

「今、そんな暇はないな。これが例えば訴訟準備ならば、あらかじめ双方の『正当性』を比較することもできるだろう。それによって、どちらの側もいかなる訴訟物を選ぶべきかを調整できる。しかし、いざ訴訟が始まればもう主張した『正当性』を引っ込めるわけにはいかない。ことここに至っては『正当性』は固執され主張されるばかりだ。そうなればあとは法廷の裁定に俟《ま》つばかり、判事は適用できる法文を示して、根拠法令の斯《か》くかくに従って甲《こう》主張に正当性あり、乙《おつ》要求は棄却という具合になる」

「その伝で言えば、もう訴訟は始まっているってことですね。それじゃなんだって今になって相手の主張の『正当性』を確かめるようなことをなさってるんですか」とエニス。

「うむ……そこだ。こうして君たちに負担をかけてやろうとしていること、それが時宜を失した虚《むな》しいことならば意味もない。いま高い塔では海峡地帯に数多ある南、北、西の紛争当事者にわたりをつけて、その主張する『正当性』と、その要求する賭禄《かけろく》が何なのかを正確に把握しようとしている。それはまず第一には、かかる『正当性』に曇りがあればそれを指弾するためだ。例えば先の騎士階級の主張する『正当性』だが、彼らは翼軍《アウクシリア》の補助兵として登録され、州民税の免除という特権を享受《きょうじゅ》したことによって、この法制を自ら承諾したことになる。そしてその法制にある、翼軍の兵籍のもと年季が明ければ市民権が与えられるという条項をも諾《うべな》ったということだ。ならば彼らの今主張しようとしている『正当性』には失当な部分がある。彼らこそ彼らが良しとした約束を反故にしようとしているのだから」

「それはそうかもしれませんが……」とコウノキ。「それを今さら言い立ててどうしようってていうんですか。先の喩《たと》えでは『訴訟』はもう始まってしまっているわけでしょう？　この期に及んで『正当性の主張に瑕疵《かし》があるから兵を引け』といって諾々と従う段階ではない、ということではないですか」

「いかにも。だからこそ先方の賭物《かけもの》が何なのかを正確に確かめねばならなかった。同盟市戦争は要するに内乱だ。本来、同じ一国の範疇に収まり利害をともにすべき中央および諸州が、互いの間の利害の葛藤に逢着《ほうちゃく》して、それを解消するためになされる一種の治療行為だと言える。であれば棘《とげ》が爪先《つまさき》に刺さって瑕《きず》が膿《う》んでいるというような問題に、足首を切り落とすような無闇な荒療治を持ち出すべきではない。足指を切り落とすこともないだろう。爪の一枚すら抜くべきではない。この一点と特定された棘、そればかりを処理すればよい。したがって先方は何を求め、何を要求しているのかは厳密に見届けなければならない。戦役に乗りでて、そして勝つべし——そんな抽象的な主戦の意志などありえまい。この戦役により、何を獲得すると言っているのか——その意志を確かめたい」

「しかしそれが確かめられたとして……それが戦役の帰趨にどう影響するというのでしょう？」

「先の喩えを続けるならば、『訴訟』はすでに始まっている。したがってこの上は双方に攻撃と防御が行われて、後は天の裁定を待つばかり……そういうものだろうか。道は本当にそればかりだろうか」

一座に困惑が広がった。ここで言われている「攻撃」と「防御」とは訴訟における弁論をさす法曹の用語として取るべきだろうが、それでもタイキの言わんとすることがまだ腑《ふ》に落ちてはいなかった。

「訴訟は始まっていると言えるかもしれない。だが途中で止めたっていいではないか」

「何をおっしゃっているんです？」

「判事が仲裁すればよい。双方に『和解』の提案をするのだ」

どよめく一同の動揺に構わずタイキは続ける。

「ならば判事には何が要求されるだろうか。双方の主張する『正当性』の是非を糾《ただ》し、筋の悪い出過ぎた主張に否を打ち、認めるべきものには部分的なりとも応諾しよう。そして双方を納得させようというなら、よほど筋の悪い主張でない限りは、たとい部分的なりとも訴人の訴訟物は与えられねばなるまい」

「それはつまり……」困惑を顕にしているのは承認会議帰りのトマサコである。「和解金を積むということですか？　さもなくば反旗を翻した者たちの主張をまずは認めるというお話ですよね？　しかし、それでは一ノ谷の領土は七花八裂します。あるいは国費が底をつく」

「そうはなるまい。諸州が求めているのは和解金ではない。また内戦そのものとその勝利でもない。また自治と独立ですらない。一ノ谷と同盟市からの離反は、各州に却って危険を齎すことはめいめい理解していよう。彼らの訴訟物の価額を見積もれば、ことを見誤る」

「しかし領土を失うにせよ、彼らの主張する何らかの不足を補填するにせよ、鎮圧のために国軍を派遣するにせよ、いずれも国費に膨大な負担を掛けることになるのは間違いないのではありませんか」

「やはり価額で考えている。面白いことに、諸州が内戦の準備にかかるにあたり積んだ賭禄はそれぞれ異なっていたよね、違うかね？　各州ごとに求めるものは違うのだ。要求するものが多様だった。トマサコ、南部州西域の求めるものは徴税権であり、利息制限の解除だったね。しかもその要求の本質は、ヒヨコ殿によれば、新しい仕組みの海上貿易の商品化を合法化することだ。これに投資を集めようとしているのだったね。ならば新規開拓の荘園に税率を優遇するのと同じように、新規船団の進水と船担保の組織化の優遇税制を立法化すればよい。第三国経由の迂回融資は利率につき足元を見られていることだろう。合法的な優遇税制で資金調達はまた一ノ谷中央に呼び戻せる」

エニスは人知れず溜め息を吐いた。つくづく食えない爺さんだね。今思いついたかのように言っている優遇税制とやらは、元老院の新興貴族層から出る法案がすでにうちうちに立案起草されていて、旧貴族でも南方の海上輸送に利権を持つ者たちの間で密かに回覧されているのを、彼女は知っていた。

「西部島嶼海の不満は潜在的な敵国に囲まれた現地を護持する市民軍が、本土と同じだけの市民権を付託されていないということに対する不満が蜂起の原因だ。こちらではことの本質は一ノ谷からの離反ではない。むしろ一ノ谷の一部として認めよと、一ノ谷の中での立場の昇格を求めているとも言える」

一息つくとイチイに向かって頷きながら続ける。

「それから西方伯領が求めているのは市民権――しかも辺境伯が登用する他民族出自の将官を封爵願いたいという要求だ。これは王陛下に打診すれば簡単に通るのではないかな。王陛下は爵位にあまり大きな価値を見ていない。それで西方が治まるなら封爵ぐらいは物惜しみすまい。どの道、所領は辺境伯が用意するのだろうからな。西方の騎兵旅団は上が王族なだけで、もともと家族経営の私軍みたいな風があるから、領土の分地など親戚の家が建つというぐらいの感覚だろう」

そしてコウノキに改めて確認する。

「それからコウノキ、北部直轄地では中央派遣の政務官と、現地で召集された市民軍を束ねる騎士階級との間に葛藤がある。そして要求項目はここでも市民権だというが、聞けば問題の焦点は上訴権と弾劾の仕組みだということだ。だとするともともと彼らが肯《がえ》んじて所属していた翼軍の補助兵としての立場こそすぐには変えられずとも、上訴権の付与と弾劾審判人の設置ならばすぐに応えられるのではないかな。市民権の付与は他州との兼ね合いもあるから、段階的にしか行えないだろうが、それに付随して政務官の選任にあたって推薦枠を与えても良いだろう。市民権無くして政務官選挙には票を投じることができなくとも、現場の要望を吸い上げて推薦を受けるという理路があれば、地域と関係の深い地場に根ざした者が有力候補になるだろうね。自分たちの推薦した政務官が派遣されるとなれば、騎士階級とも膝詰め談判で以後の政策を審議していくことになるだろうから、しぜん葛藤も漸減するだろうし、政務官の側も上訴や弾劾に戦々恐々とせずに済む。上訴権や弾劾制度を与えても、そもそも行使の機会がないならことさらに警戒する意味もないのだから。これには領土の直轄経営が形骸《けいがい》化《か》する憾みがあるが、そもそも北部直轄地湾岸部では用軍につき形骸化は現に起こっている」

それからコウノキにもう一つ確かめた。

「君は最初になんと言っていたっけ。湾岸と内陸では別の自治権要求があるという……」

「ええ、そのとおりです」

「湾岸部は分かったが、では内陸部では事情が違うのかね？　おそらくここでもまた別の種類の要求が出てくるのではないのかね？」

そりゃ出てくるに決まってるだろう――エニスを始め、古株の図書館員は棟梁の狸《たぬき》芝居にすっかり呆れ顔だった。

「内陸部同盟市の要求は土地分配の不平等の解消ですね」

一ノ谷は版図を拡げるにあたって、植民市、属州直轄領以外にも隣接都市国家を同盟市として取り立てて協調政策を採ることがままあったが、その場合にも公有地として一部地域の領有を勝ち取ってきた。つまり辺境の同盟市諸州には属州領、同盟市領、一ノ谷公有地が入り乱れており、いわば一ノ谷の飛び地を各地に持っていたのである。

それらの公有地は広大な田園であり、これが一ノ谷の穀倉としてその国力を支える。この公有地は地域農民に貸し出される建て前だった。しかしそれら田園を実際に耕し、実りを得るべき農民の立場は二分した。大勢の農奴を擁する大規模農地経営に参画する者と、零細な農地に甘んじ細々とやっていく者とである。後者はしばしば農地を保ち得ず、農奴に身を窶《やつ》し、あるいは棄農して都市部へ流出していく。

大規模農地経営については、これは地場の豪農というよりも、実際には一ノ谷中央の旧貴族層が多くの農地を収奪し、大土地経営に乗り出していたものだった。これが家族経営の小作農を駆逐《くちく》していく流れがあったのだ。

かくして同盟市、属州諸州の遠隔地公用地では農村内の経済格差が著しく拡大し、結果として一ノ谷中央貴族の農村搾取の構図が完成していた。

広い農地があるにも拘わらず収益がすべて一ノ谷中央に流れていき、地元農村に還元されないという不合理に対して各地で不満が募っている。これを是正するのに、旧貴族層の外地の農地取得を制限し、大規模農園経営者にはいわゆる什一税《じゅういちぜい》——収益の十分の一を供出する税を課し、さらに地元小作農には遊閑地を分配するという抜本的な「土地分配法」の法案が、属州新興貴族の主導で何度か、民会、元老院議会の議題にかけられた。しかしそのつど旧貴族層の抵抗にあって廃案になっていたのだ。

なるほど北部直轄領諸州と同盟市の懸案は、湾岸部とは全く異なっている。こちらでは土地取得の不平等が問題になっていた。しかしその不平等の是正を解決する手段である土地分配法は、理論上は中央旧貴族層の権利の制限と重課税に要点があるわけで、いわば不平等の解決法が別種の不平等を孕《はら》んでいる。上位法との論理的衝突があって、だからこそ議会で議論を尽くせば、その法案が却下されてしまう結果に終わる。

こうして北部直轄領諸州と同盟市では、実力で自治を勝ち取り、中央の思惑とは——さらにはっきり言えば一ノ谷元老院の一部旧貴族層の利権とは——はっきり切り離されたところで、土地分配法のごとき解決策を押し込んで地域の活性化を図ろうとしていた。

「つまり内陸部では直轄領でも同盟市でも、農村の自治を回復して中央貴族の大土地所有に制限をかけていこうという気運があるということだね」

コウノキは苦笑いを浮かべながら首を振る。

「確かにそういう言い方はできるかもしれませんし、タイキ様はまた『筋が通っている』なんてすぐおっしゃるかもしれませんが、これはこれで問題含みなんですよ。彼らが求めている土地分配法は明白な不平等条項を含んでいますよね。旧貴族からすれば自分の持ち出しで外地に農園を経営して、その上で一ノ谷の財政や農政に貢献しているのだし、そのための土地取得の手続きも全て合法にやっているのに、何を文句を言われる筋合いがあるんだって言うわけです。遠隔地同盟市に収益率の良い農地があるのは、我々の負担で効率的な大規模農園を開発したお陰じゃないのか、感謝されこそすれ非難される謂《いわ》れはさらさらないじゃないかって」

「一ノ谷の国庫、穀倉を潤《うるお》わせているのは、彼らの負担のもとで行われる効率的な大規模計画農業なのだ、というわけだ。確かにこれはこれで筋が通っているね」

「それに中央貴族肝煎りの大規模農地があろうが無かろうが、小規模小作農にとっては、旱《かん》魃《ばつ》、洪水、疫病《えきびょう》、台風に連作障害と、不慮の不作に見舞われて単年度収益が激減、首が回らなくなることなんてざらにあるわけですよ。そういうときに大規模農園が農繁期の臨時労働者として地域農民に募集をかけているのは、救済措置みたいなものなんだって言うわけですね。さっき聞いた漁村の『海講』や船担保みたいな話です。これは農業に必然的につきまとう不慮の損失をあらかじめ回避するための担保余力みたいなものなんだぞ、と」

「これまたもっともな話に聞こえる」

「ご冗談を」

「いや、一事が万事、そうしたものなんだよ。どちらにも『正当な主張』はある」

「ではこのことについてはどういう処方箋《しょほうせん》をお考えになるんですか」

「これは難しいよ、これからも一ノ谷の国庫、穀倉を支えるのには、農業の集約化、大規模農園経営の高効率化を手放すことはできまい。それが貴族層をことさら肥やすというのは結果論だ。また大土地所有と労働力搾取というのが、裏面を見れば小作農の生活保障になっているという事実も軽視できまい」

「では中央貴族の農村搾取は一ノ谷にとって合理的な選択だと?」

「そうもならんだろう」

「ではどうするのです?」

「北方内陸部を懐柔するのに必要なのはやはり土地分配法の成立だろう」

「それは絵に描いた餅《もち》になりませんか。すでに数度の廃案を経《へ》ているんですよ」

「土地分配法は大規模農園経営の功績を全否定するものではない。不自然に傾いた天秤《てんびん》のもう一つの皿にすこし錘《おもり》を足すような話だ。その錘の大きさを調整できるのではないか?」

「遠隔地同盟市と中央貴族の間に立って、妥協点を策定するというのですか? 今から?」

そんな悠長なことは言っていられまい。コウノキが言辞鋭く問《と》い質《ただ》したのはもっともなことだ。誰にもそう感じられた。しかしタイキ老は悠然と答えた。

「通常なら公聴会を開いて双方の意見を擦り合わせ、法案を調整して……と手続きがいろいろ必要なところだな。だが今なら調整に時間は懸かるまい」

「なぜでしょう？」

「すでに緊急時だからだ。属州、同盟市では中央から被っている搾取構造は年来の桎梏《しっこく》であり、積もりつもって一ノ谷と手を切ったらどうなのか、とまで思い詰めているわけだ。それが各地における同盟市、属州蜂起の趨勢《すうせい》を見て、この時流に棹《さお》させば最小の労力で自治を勝ち取ることができると踏んで、いま乾坤一擲《けんこんいってき》の勝負に出てきた」

「だとすれば今さら交渉を申し出ても、耳を傾けてはもらえないのではありませんか？」

「したがって交渉相手は一ノ谷城下の旧貴族連だけでよい。このまま手を拱ねいて推移すると、大規模計画農場だろうが何だろうが、あなた方は北方の利権を失いますよと胡椒《こしょう》を利かせてみたらどうだろう。北方内陸部の属州、同盟市がのきなみ自治を求めて離反するとなれば、最悪の場合には中央貴族はごく単純に御自慢の大規模農園を失うだろう。承認された新政府、新制度が中央貴族連の意向を忖度するだろうとは到底思われないのでね。また一ノ谷が市民軍の蜂起に抗して、反乱を鎮圧し得たとしてもだ、御自慢の大規模農園は荒れ果てた合戦跡の惨状を示すばかりだろう。そして農地ばかりでなく、農民も失うことになる。双方の人的資源が内戦によって多大に損《そこ》なわれるのは必至であるから、中央貴族連が大規模農園に徴集したい地域農民とやらが戦後になってどれだけ残っているだろうか。一ノ谷が反乱鎮圧に成功する方の台本であってすら、地域農民はことごとく湾岸部か、他州へ向けて流出してしまっていることだろう。つまり当地での内乱は負けても勝っても中央の貴族連にとっては大損となる訳だ。したがって彼らは手打ちの方途があるならば乗るだろう。いま必要なのは交渉ではなくて、単純に事実を伝えて判断を強いることだ」

「それは脅しって言いませんかね」エニスが隣から小声で茶々を付けている。

「そして北方に持っていく手打ちの手土産はもちろん土地分配法だ。これは戦時立法の簡略審議で限時法として即決する。細目を後に調整できるような法案であれば——たとえば旧貴族の土地取得制限の全体に対する割合や、新規計画農場の課税率については、臨時の土地台帳調査委員会を設け、双方から委員を送り込んで、追って別途調整するとしておく。まだ旧貴族にも条件の細部について巻き返しの機会は与えるが、ここは緊急の時限立法を有無を言わせず押し込むところだ」

エニスが手元の紙挟みをタイキに手渡した。タイキはそれを受け取ると、胡坐座の自分の目の前の床の上にぱしりと音を立てて置いた。一部の者が車座から首を伸ばして、何を出したんだと窺っている。タイキは紙挟みを開かなかったが、中に何が納まっているのかは古株の館員ならば容易に想像がつく。押し込むべき法案はもうできているのだ。

「二段目の建国貴族、旧貴族の面々に、あなたは放っておくと外地の土地を失いますが、これ一つを手土産に持っていって、ことを収めてきましょうか、と提案してやるということだ。コウノキ、君にはこれを北方に持っていってもらおう」

別に人前で渡すような種類の書類ではない。狸芝居はまだ続いている。車座の中には、この大見得に拍手をしているものまでいたぐらいだ。

コウノキはその紙挟みを取り上げるとエニスの顔を窺った。老司書は詰まらなそうに頷く。

タイキは改めて訊く。

「市民軍を率いているのは？」

「現地選出の護民官が担がれています」

「伝手《つて》はあるんだね」

「無論」

「ではそれは渡してしまってもいいよ。その護民官の信頼している側近の手に落ちるのがいいかな……」

「わかりました」

「内陸部の方では市民軍はもう展開しているのかね」

「いえ、まだすぐには戦端は開きません」

「はっきりした予測だね。それはなぜか？」

「刈り入れ前の畑がまだあるからです。北方内陸部では戦立ては刈り入れが済んでから乗り出すものです」

「……なんだか年中行事みたいな話だね。あちらでは戦役も農事暦《こよみ》に従うのか」

一座に失笑があったが、タイキは真面目な顔で付け加えた。

「では、急いでくれたまえ、コウノキ、君が着くまで最後の小麦畑が残っていることを願っているよ」

コウノキはその場でタイキと一同に暇乞《いとまご》いをして、書類を抱えて図書館の広間を出ていった。北方直轄地諸州へ旅立ったのだ。


──これいつ終わるの？

「もう終わりますね」

ハルカゼは件の法案の新規起草にあたってエニスの補佐にあたっていた。エニスとタイキがこれを持って旧貴族別邸を巡訪して無理を押し込んでいたことも案内だったので、この狸芝居の意味は始めから心得ている。


「さて、諸君に大変な骨折りを強いていた、今般の激務の訳、なぜこの広範な工作がいま必要だったのか、その全貌《ぜんぼう》とまではいかないが、大まかな見取り図はそれぞれに描けたのではないかな。これが多方面に同時に仕掛けていた情報戦の大枠であった」

それから胡坐座から立ち上がって、腰を労《いたわ》るように伸びをすると、車座の椅子の一つを譲ってもらって腰掛けた。

そして締めくくりの演説を始めた。

「いま、一ノ谷は多方面で属州、同盟市、直轄地の召集兵……それらの離反の機運が生じ、これに一度に対応するのが難しい状勢に陥《おちい》っている。何処かを手厚く手当てすれば、何処かに穴が空くだろう。場合によっては海峡地域同盟市構想の全体が骨抜きになり、一ノ谷の領土が四分五裂、七花八裂することすら危惧《きぐ》される。

そもそも戦役によって平らげた都市国家や部族国家を一ノ谷の一部として、一ノ谷市民として迎え入れようという同化主義、包摂主義は、一ノ谷版図の拡大と国力の増強に大いに力あった。私はこの包摂主義という大綱は有効であったし、これからも保つべきであると評価している。

しかしかかる包摂主義は、属州、同盟市、各所にわたって、原則として一様に適用されるべきはずであったが、がんらい異なる部族を擁する異なる土地に、同じ同化政策を一律に及ぼすことはできない。しぜん場所によって包摂すべき重要項目が異なり、ある場所では軍事が、ある場所では税制が、ある場所では文化文物が、ある場所では政治制度が、それぞれ優先的に包摂、統合されることとなった。同化の程度も、特に何について同化が生じたかも、地方によってさまざまになったのだ。

その結果、それぞれの地域に、そこ特有の釦《ぼたん》の掛け違いが生じた。

あるところでは中央対地方の対立が、あるところでは軍務対政務の対立が、あるところでは農政対都市防衛の葛藤が生じた。どこの民であってもお上に全く不満を持っていない民というものはない。だがとりわけ市民が蜂起にまで至ろうというときには、必ずその不満の項目に、不平等に対する怒りというものがある。それは共通した問題だ。だが何についての不平等が問題なのか……それは各地にさまざまなのだ。

一ノ谷の遠隔地の各地に釦の掛け違いがあった——だが、それは皆、同じ釦だっただろうか？　いや、面白いことに、皆も気づいたことだろうが、どの土地を見ても掛け違っている釦が違っていたではないか。したがってどの釦を一度外して掛け直すのか、その手当ても土地ごとに異ならねばならないことになるだろう。

今回、諸君に無理を言って進めてもらっていた仕事は、この『掛け違っていた釦』を特定するための作業にほかならない。

広大な版図の至るところに勃興している反乱の機運、それらを一様に平らげる余裕が一ノ谷には無かった。国土領域ははるか西域まで伸び広がり、南北に押さえなければならない領海は広大だ。展開しうる国軍には限りがあり、傾けうる国費にも底がある。目下、同時多発しつつある反乱の機運の全てに対抗し、全てを平らげることは無理な頼みであった。

こんかい一ノ谷が逢着している困難を、『一つの大きな困難』と見たのでは、解決は覚束ない。

だが問題を『多くの反乱に同時に対抗せねばならない』という一つの大きな困難と捉えてしまったことそのものが、大いなる失策だったのだ。同じ問題をもっと別様に捉えるべきだった。各地に掛け違っている釦があり、それをことごとく掛け直すという『幾つもの小さな困難』があるにすぎないと捉えるべきだった。

そして諸君の労苦によって、各地の掛け直すべき釦の在《あ》り処《か》は明らかになった。

ではあとはそれらを順次掛け直そうではないか」

タイキが難儀そうに身体を起こすと、車座の全員が同時に椅子から立ち上がった。

「これから諸君らにそれぞれ書簡が託される。その書簡によって、同盟市諸州、属州、市民軍の宰領、彼らに向かって、彼らが求めていたもの、彼らが一ノ谷中央に対し反旗を翻すという一擲乾坤《いってきけんこん》を賭《か》けた大博打に出るにあたって、見込んでいた是非とも手に入れるべき賭物――それを与えることを我々は約束するだろう。諸君もお気づきのとおり、彼らが要求していたものは、どれもそんなに大きな賭禄ではなかっただろう？　それは彼らが要求して当然の、しかし現状与えられていない、小さく大事なもの、ではなかっただろうか。

我々はこの賭禄を彼らに与えることを約束し、そしてその代わりに彼らに条件を呑んでもらおう。その条件もまた地域によってさまざまだろうが、かかる条件は必ず、与えられるものの代わりに、何かを差し出すことを要求するだろう。

そして彼らには今、極めて安価に差し出すことのできるものがある。それは何か――諸君らはもうお分かりだろう」

――ハルカゼは分かった？

「矛を収めるという約定ですね」

そして車座は解かれ、広間を闊歩する館員の足取りには、疲れに似合わぬ活気が戻ってきた。ここが九合目の難所、最後の一踏ん張りが待っている。日々の激務の中で必死に使命を果たしてきたが、それは未曾有《みぞう》の一大工作の一端をなしていたのだった。一ノ谷同盟市諸州の全域に燃え広がっている内乱と離反の炎を消し止めるための、古今未曾有の工夫策略である。画竜点睛《がりょうてんせい》を加えるまで、最後の仕上げに意気も上がろうというものだ。

そして俄《にわか》に活気づいた図書館の広間には、多くの心騒ぎが生じてもいた。今、聞いたばかりの図書館の大計を、できうる限り迅速に雇い主に伝えなければならない――窺見《うかみ》の身にある者たちがそれぞれに動き始めていた。

広間からは徐々に人が捌《は》けてゆき、車座の椅子に残っているのはすでにへたり込んだタイキと右腕のエニスばかりである。マツリカとハルカゼはそちらに近づいていく。

しい。
――ハルカゼ、知らない言葉をたくさん聞いた。あれが全部載っている書目を都合して欲
「承知しました。どの言葉のこととは分かりませんが、今日の議論のような術語を包括的に
扱ったものを見繕いましょう。マツリカ様は法文のお心得は？」
――読まないな。ややこしいばっかりで、重複も多いし、「又は、若《も》しくは」とか「及
び、並びに」とか、似たような言葉がぞろぞろ出てきて……、
「使い分けがあることにはお気づきなのですね」

もう一人、広間に残っていたのは先の会議でも発言のあった議員ヒヨコだった。
「タイキ老、今日のお話感銘を受けました」
「君か、御足労痛み入る。しかしあまり図書館に近づくと、元老院で孤立しかねないよ。ロ
ワンが貴族界隈で敬遠されているのを知っているだろう」
ヒヨコは構わないというように少し眉を上げただけだった。
「一つ大きい問題があるのではなく、幾つも小さい問題があるだけなのだというご意見には
はっとさせられましたよ。このほどの術策には戦立ての常道に反する発想が幾つもあったよ
うに思います」
「そうかね。私としては徹頭徹尾、合理的で最大効率の方針を是としたいものだが。戦立て

ってそうしたものだろう？　何か常道に反していたかね」

「この術策の焦点は、いわば『少数派工作』とでも言えるものだったのではありませんか」

それとなく傍に座っていたマツリカが、ここで顔を上げた。

タイキも眼を見開いてヒヨコを見つめていた。

ヒヨコは涼しげに彼らの視線を受け止めている。

やがてタイキが失笑を漏らして言う。

「よくお分かりのようだね。少し声を下げて貰《もら》えるかな」

ヒヨコは周りをぐるりと見渡してから、タイキの隣の席を掌で示す。

「掛けても？」

「どうぞ。エニスは御存じだったね。そちらは新任のハルカゼ。それから孫のマツリカだ」

ここで二人を紹介したのは、このままこの話を続けてよいという仄《ほの》めかしだ。

「初めてお目にかかります。ヒヨコと呼んでいただければ」

「ハルカゼです。お噂はかねがね」

「法文官だからね。君の名のついた法をいくつも取り扱っている」

マツリカには目礼があったばかりで、言葉はなかった。

「それで、『少数派工作』とは上手く言ったものだが……」

「属州、同盟市全域に内乱の兆しあり、というのは先の議論にあったように一つの大きな機運と捉えられていた。しかしそれは抽象論なんですね。個別に具体的な問題点に煮詰めて処理可能な規模に治めていくというのは、問題解決の常套《じょうとう》手段ではありますが……」

「抽象的な問題は解決に難い。『問題』とするからには具体的な形に落とし込まなければね」

「しかし、今回のように遠隔地に内乱の兆しが多発したというのは、あえて巨視的に捉えるなら、さらに大きな問題、大きな構図の一側面だったはずです」

「ふむ。その構図とは何だね」

「海峡地域同盟市構想を二分し、反一ノ谷で大同団結する――『一ノ谷包囲網』を形成しようという動きがあったのではありませんか。それを主導しているのはニザマです。ニザマは周辺国を付庸《ふよう》として従え、海峡の西岸に自身を首班とする反一ノ谷の軍事同盟を構想しています。そして一ノ谷版図の周縁部の切り崩しのための工作を一貫して働いてきました」

「うむ、今回の群発的な内乱準備は一ノ谷の版図拡大の方針にそもそもの内因を持っていたものだが、ニザマにそれを助長しようという密《みそか》心《ごころ》があり、隠然とした工作があったことは疑っていない」

「どこのことでも構わない、一ノ谷中央の施政に不満を持つ者がいたならば、そのときニザマから将来の友邦として助力が申し出られるのです」

「どこの話だね。具体的に摑《つか》んでいるのか」

「島嶼海でも南大陸でもですね。ともかく一ノ谷中央政界の出方に納得しない地方領主や、属州経営者を見かけると……というよりもそうした者を、鵜《う》の目鷹《めたか》の目《め》で始終探し回っているんです……そしてひとたび見つかろうものならば巧みに接近し、宥《なだ》め賺《すか》しては助力を申し出て、かたや反一ノ谷の政治信条みたいなものを涵養《かんよう》していく。その際の切っ掛けになるのが『敵の敵』という理路です」

「我もまた反一ノ谷の旗の下に集う者なり、ということだね」

「そうです。これはニザマが推し進めている反一ノ谷主義の啓蒙《けいもう》活動なんですね。その目的は反一ノ谷のお題目のもと大同団結する大包囲網を海峡地域に確立することにあります。これはつまり……海峡を股にかけた多数派工作が日々進められているということです」

「たしかに合理的で効率もよさそうだが……」

「これは戦立ての常道ですよね。味方の数を増やす。ともに挙兵してくれるほどの心強い味方でなくとも、反一ノ谷を掲げて戦旗を上げている限りは、後ろから襲い掛かられることを心配しなくて良い、それほどの僅かな信頼しかなくとも有効に働きます。今回の一ノ谷辺境問題はニザマのとっている、こうした多数派工作に遠因を持っている、と見るべきです」

「一ノ谷に固有の内因ばかりでないというのだね。やはりニザマには何らかの牽制を掛けていかねばならないな」

「お戯《たわむ》れを。最初からご承知だったはずです。私としては、こうしたニザマの暗躍をどう撥ね返していくのか、その手掛かりを摑みあぐんでいた。ニザマが海峡西岸から島嶼海を中心に束ねていくのであれば、一ノ谷としては海峡東岸の諸州の結束を強めていかねばならないと考えていたのです。つまりこちらはこちらで身内の結束を強化して、多数派工作には同じく多数派工作で対抗するしかないのだろうと……。その旨を何度か上申しましたし、議題にも持ち出していたのですが、一ノ谷中央の反応は鈍く、むしろ東岸南北の属州にも蜂起の機運が持ち上がってきた。これにニザマの暗躍の影響を見ていた私は、切歯扼腕《せっしやくわん》しておりました。ニザマの多数派工作に完全に遅れをとっている。今から一ノ谷包囲網に対抗できるだけの、せめて比較多数の同盟市との団結を強化しておきたい。しかしアルデシュは旧都をニザマに奪われながら、ニザマに恭順しています。島嶼海西域ではイクリティシュもキュレネも海峡部の対立が強まっているのを傍観する姿勢――いつでもお零《こぼ》れを拾えると待ちかまえています」

「第三国は漁夫の利を待つ方が賢明だろうね」

「ですから南部州西域に公債の募集が来たときには、もう時宜を失していると呆れかけたのですが……それが軍事公債ではなく、新規船団の開発公債だと言う。これには驚きました。こんな食い込み方があるのかと……。ですが西域の利権者はこれに乗るだろうと思った。彼らが望んでいるのは要するに資金の流動性が高まること、それだけです。融資の仕組みが単純化して、合法化するならば、事業の未来には何も危ぶむところを見ていない。彼ら自身が高額の融資を受けたいと言っているのですらない。融資を受ける仕組みが安全、簡単になったから、そこで資金調達して、我々の事業に投資してください、と内外に向けて宣伝できると彼らは評価したでしょう。そうなれば自治獲得の武力闘争についてはすぐにでも日和《ひよ》る。彼らの欲しているものは戦乱そのものではないのだから」

「まあ、上手く行けばそうなるだろうね」

「これと同じこと、似たようなことを方々で……いや、全属州、同盟市に向けて試みていたのですね」

「反一ノ谷の旗で大同団結するというが、諸州は別に反一ノ谷で結束したいという強い要望を持っているわけではないからね。単に旧宗主国や中央政府の方針に不満を抱いているだけだ。割を喰っているという憾みがあっただけだ。だから、その不満の核になる問題だけでも解消すれば、諸州は別に『ニザマの仲間』になることにさほどの魅力は感じるまい。それどころかニザマに対する忘れていた忌避感を思いだすかもしれないね。そして反一ノ谷同盟の後ろ盾無くしても、一ノ谷中央との交渉は自らの主導で行えると見るだろうし、実際に行うにいたるだろう。かくして諸州はそれぞれの事情、それぞれの欲求に従って、個別に一ノ谷中央と渡り合うことになるだろう。元老院も王宮もこれからは大変になるだろうね。中央に話を捩《ね》じ込《こ》むことができるという先例を作ってしまったのだから」

「そして諸州はすでに反一ノ谷大同団結という旗幟《きし》に従うことに何らの利益も見ないということになるでしょうね。それぞれが個別の……つまり別種の要求項目を持った権利団体として、それぞれ個別に一ノ谷の中央政策に抗ってくることになる。たとえば金融規制の緩和だけを求めている属州、同盟市ならば……上訴権も寄越せ、封爵も与えろ、土地も配分しろ、といった要求を同時に主張していくのを巧思とは考えるまい。自分たちの要求一つに絞った交渉が益になると見るでしょう。かくして大同団結は解消し、多数派工作は蹉跌《さてつ》する。まさかこのような……少数派工作などという奇策が成立するとは、思ってもいませんでした」

「なまじ他人と手を組むと自分の要求だけを通すということができにくくなるものだからね。奇策というほどの奇貨ではないよ。むしろありふれた人情に訴えただけだ」

「そんな単純な話とは……ともかく西域で募集が懸かったのが開発公債だったということを知った瞬間に、中央で誰かが何かえらく変わったことを企《たくら》んでいるなと考えました。その計策の全貌を見てみたいと思いまして、こうして参上した次第です」

「ふむ。だいたい全貌はお目にかけられたかな」

「とどめがこの会議でしたね。少数派工作が成立するには、他所はみな大同団結しており、我が州だけが孤立している、という印象が生じてしまうと不味い。誰もが皆ひとしなみに少数派であるということ、そしてばらばらな要求をばらばらに突き付けてきているということ、それが周知されなければ少数派の立場を保ち辛くなる。やはり大樹の陰に寄りたくなるものでしょう。ですが何処の州であれ、他所の事情など知らない。他所もまた少数派のまま、個別の問題につき一ノ谷中央と事を構える兆しがあろうとは、想像だにしていないし、調査する術もない。だから図書館が代表して調査して、周知したわけですね。一見すると関係のない他所の事情についても、担当者が一堂に会した機会に公知の事実として共有する。それによって誰もが少数派であるし、少数派でいても良いという空気を醸成したんでしょう。したがってこの会議の内容が、必ずや紛れ込んでいたはずの間諜の手に渡って、恐らくニザマやアルデシュ、西域諸国や、南方の金貸しなんかに伝わってしまうだろうということも先から仕込みの内、思う笑壺《えつぼ》に入るといったところでしょう」

「本当なら、できればニザマやキュレネの代表にも参加いただいて、聞いておいて欲しい話だったからね。好都合だった」

これにはヒヨコが笑いを抑えかねた。ハルカゼもすでに口元を押さえて苦しんでいる。タイキが不敵な笑いを返すと、もう堪え切れなくなったか、ヒヨコもハルカゼも声を立てて呵々《かか》大笑し始めた。

笑い声は広間に響き、出入りの連絡員たちが、何事かと車座にまだ残っているタイキらを振り返っている。

その幾人かは、おそらく今日の会議の様子を遠い隣国に届ける窺見なのだ。彼らも、自分の列席を図書館がこれほど熱烈に歓迎しているとはよもや思っていなかっただろう。

「感服仕《つかまつ》りました」

「ヒヨコ殿、図書館に来る気はないかね？」

「図書館に？」

「私は近く図書館の番人の地位を禅譲する所存だ。私の部下も……」とエニスに眴《めくわせ》を送る。

「私同様、高齢の者が多い。漸次《ぜんじ》引退していくことになるだろう。図書館はその主と人員を一新することになるだろう」

「それで若い人材を求めているのですか。光栄に思いますが、私は元老院にまだ為《な》すべきことを残している」

「そうか。残念だが」

「今回は高い塔の力を思い知りました。私も精々議会内に然るべき立場を得て、次代の図書館に利用価値のあるように立ち働きたいと思います」

「互いに協力できることはあるだろうね」


ヒヨコは挨拶とともに広間から下がっていった。

タイキは小会議室奥の執務室に戻っていく。エニスとハルカゼとマツリカは広間に取り残されて、館員や連絡員が動き回っているのをぼんやり眺めていた。

「タイキ様はまだお仕事が残っているのですか」

「今日の猿芝居が片づけば一段落といったところだね。あとはもう一つ大仕事が残っていると言っていたけれど……」

「エニス、あなたは下ではお役御免ですか？」

「いや、まだ書庫には戻らない。各州からの返答を待って取りまとめに入るから」

――爺さんはまだ帰ってこないの？

「何だって？」

「タイキ様は離れにはまだお戻りにならないのか、と」

「まだしばらく掛かるだろうね。マツリカ様には申し訳ないけれどね」

――別に申し訳なくもないけど。

「今回の工作は大体上首尾に進んでいると見て良いんでしょうか」

「そうだね。普段はあんな風には働かないんだよ、あの爺さんは。それが今回はかなり眼が血走っていたからね」

「あなた方が『爺さん』と呼ぶので、悪い影響が伝わっていっていますよ」

「珍しく渾身《こんしん》をつくし精力《せいりき》を振り絞っているみたいだ」

「それにしてもタイキ様の精力にも驚きますが、一国の大事には違いないこととは言え、よくもあれほどの献身をなさいますね」

「……あれはね、献身ではないね。一ノ谷の国に誠を尽くしたいってことじゃないだろうよ」

「それでは……」と王城東翼の方角に眼を向けたハルカゼに、エニスが首を振って答える。

「いや、王宮への義理という話でもない」

「そうですか」

エニスは少し眼を落とした。そして溜め息を吐く。

「あれはね、爺さんがあんなに本気を出していた原動力は怒りだね」

「怒り？」

ハルカゼにはちょっと意外なことと思われた。タイキの所作になにか激昂《げきこう》のもとになされた様子などあっただろうか。終始、平生と変わらぬ飄々《ひょうひょう》とした、また泰然とした様子を保っていたように見えた。また今回の術策が怒りを原動力に組み立てられたということ自体も案外な思いがする。人は怒りのもとにどういう行動に出るだろうか。怒りのもとになされるのは、それは例えば反撃であり、復讐ではないだろうか。各地に和議を持ち込んで紛争を平らげる工作を、怒りのもとに繰り広げる者がいるものだろうか。

「エニス、それは何に対する怒りだったのでしょう」

エニスは答えなかった。ただ、少し悲しそうに眼を伏せていた。そしてハルカゼとマツリカを交互に見やると、ゆっくりと立ち上がり、ハルカゼの肩を軽く叩いた。

「上はお願いね。もう少しの間」

そしてマツリカに屈みこみ、黒い巻き毛をひとふさ手で掬《すく》い上《あ》げるようにして、それから頭を軽く撫でた。マツリカはしばらくされるがままになっていたが、やがて左手を差し上げて、撫でる手をゆっくり払い除けた。

「マツリカ様、もうしばらくお爺様をお借りします」

マツリカはただ頷いた。


その夕早くにハルカゼは例によって図書館から早上がりさせてもらった。広間や臨時の待合室には連絡員がまだ残っていて、椅子にへたり込んでいる者もいる。託される書簡を待って、壁際に凭《もた》れ、腕組みに顎を埋めて居眠りをしている姿もあった。みな疲れている。そんな中を一人離れに帰るのは申し訳なくて、恐縮しいしい、人波を掻《か》き分《わ》けていく。

もっともハルカゼの「仕事」は今日はまだ終わってはいない。もう一仕事、離れで待っているのだった。

ハルカゼには出席しなければならない会議があと一つ残っていたのである。


離れのタイキの書斎では、しばらく戻らぬ主が執務机に積んだ書籍は螺鈿の天板の上に残されたまま、それを大きく囲む書見台の列にも書籍や書類が山となっている。その中でマツリカが自分のための空間として確保したのは、大きな楕円形の執務机の下であった。

そこがマツリカの仕事場ということである。イラムがよく招かれていたが、ここしばらくは何度かハルカゼも机の下に潜り込まなければならなかった。マツリカがそこに呼ぶからである。長身のハルカゼとしては身を畳んで、机の脚を躱《かわ》して潜り込むだけでも一苦労で、ひとたび机の下に身を納めたら、あとはずっと膝を裳裾《もすそ》のうちで引き寄せて、首を屈め続けていなくてはならない。

「私もここに入っていなければいけませんか？」

――いやなら出ていけばいいけど。

そう言われると出ていきにくい。

今夕は机の下には入らないで済みそうだ。なぜなら会議の出席者の全員が入る余地はないからである。

今、タイキの書斎で執務机の前の床に延べられた緞通《だんつう》に座っているのは四名。マツリカとハルカゼとイラム。それからマキヲだった。ハルカゼが入ってきたとき、イラムとマキヲが床の上でマツリカに字を習っていた。マキヲが習っているのは一ノ谷の俗語方言ではなく、南方の通商語の綴りである。マキヲは一ノ谷の共通俗語方言でなら、読み書き算盤《そろばん》に不足は無い。船乗りと商人が用いる内海の言葉を演目の一つに加えようというのだった。

マツリカがイラムのために用箋《ようせん》に書いた手本は鏡文字でも続け字でもなかった。初学者に綴りを教えるなら当然、鏡文字や続け字では都合が悪かっただろう。寝かせて持った硬筆を滑らせて記すマツリカの左手の執筆は、正位置の右へ流れる文字を書くのには不都合だ。先が紙に刺さっていってしまうし、今しも書いた文字を手の腹が擦ってしまう。そこでマツリカはイラムの手習いの手本には右手で書いた文字を使っていたのだった。いつもの年に似合わぬ流麗でふくよかな文字とは異なるが、手習いの見本としては手堅いきちんとした文字だった。

「マツリカ様、右手でもお書きになれるのですね。知りませんでした」

さて、ハルカゼの到着を待って手習いの時間は終わりとなったのだが、マツリカがさっと手を振ると、イラムが部屋を飛び出ていく。何か食べ物を取りにいったのだろう。本当に書斎を飲み食いのできる場所にしてしまう積もりだ。すでに既成事実を重ねている。

もっともハルカゼが始め危惧したように、菓子の滓《かす》を書物に降らせたり、飲み物の滴を書類に垂らしたりといった不始末は、よろしく避けているようだった。それでも螺鈿の執務机に飲み物の器を置いた輪染みが残っていたりはしている。

イラムは土瓶いっぱいの焙《ほう》じた茶と、盆に山にしたお焼きを持って戻ってきて、執務机の一角に安置した。お焼きは蕎麦《そばこ》粉が二割ほど混じった中力粉を練って、平たく潰して焼いたもので、餡にはとろみのついた茄子《なす》の味噌《みそ》炒めが入っていた。薬味の紫蘇《しそ》の香が高く、舌に刺激を残すのは柚子《ゆず》胡椒。

イラムはお焼きを一同に配り終えると茶を淹《い》れた。ハルカゼは緞通に正座し、膝の前に紙を布いてお焼きを置く。他のものはもう手に取ってぱくついているが、だいたいハルカゼだけは少し遅れを取ることになる。なぜならまだ、発表しなくてはならない書類を別に手にしていたからだ。

この会議はその最初からだいたいこうした様子であった。つまり絨毯の上の小さな車座に、茶と茶請け。そして僅かな資料と調査報告と、それから次の方針の策定と伝達である。


たとえば第一回会議は次のごとくであった。

「問題の菜館に遣いを出しました。菜館では海老の入荷が出入りの魚屋にほとんどなく、今は汽水域の川海老を取り入れているとのことです」

――川海老。

「ええ、呑み助が酒のあてに殻ごと素揚げにして食べるような、雑魚《ざこ》海老です」

――それで糝薯を拵えているの？

「そうです。雑魚海老では格好がつかないので、叩いて海老糝薯に纏めたということで、イソキの指摘にあったように海老殻は全て砕《くだ》いて出汁をとっているとのこと」

――これからもそれでやっていく積もりなの？

「これは私とイソキからの言づてで……マキヲ、どのようにお伝えになりました？」

「ええと、私からは、伝えたって言うか……ちょっときつめにですね……その……」

「やり込めちゃったんですね」

「そうですね。海老饅頭っていうから、それが好きな人にって買ってったのに、中味が違うたぁ、どういう料簡《りょうけん》だって言ってやりました。向こうも平謝りでお代は結構ですとか言ってましたけど、こっちは中味が違うぞっていうんで不面目極まりなかった、偉い人も怒らせちゃったし、上にはこっぴどく叱られるし、どうしてくれるんだ。こちとら城内から来てるんだ、お前ら御用達の面目次第は失うぞって……」

「ずいぶん責めちゃったんですね……それでどう言ってました」

「もう、平謝りに床に額《ぬか》づかんばかりの勢いで、ちょっと私も引っ込みが付かなくなっちゃったんですけど……あの、カシムが、まあまあと、窘《たしな》めに入ってくれまして……」

「カシムがお遣いの手伝いに付いていっていたんですね」

「あの人も、ほんとは喋《しゃべ》るんですねって、それはまぁ良いんですけど、それでカシムが言うには、菜館のね、包丁さんもへまをしたねと。海老糝薯の饅頭と名乗っておけば良かった、それだけのことだと」

「それで治まりましたか？」

「まあ、菜館としては仰せのとおりで、以後気をつけます、最前の失態に付きましてはお代もお返しするし、必要ならご機嫌を損ねてしまった先方に出向いてお詫び申し上げると、まあこのような話で……マツリカ様どうします。詫び、聞いてやりますか？」

――包丁の詫びなんか聞いても仕方ないよ。それで今後は海老糝薯でいくの？

「芝海老が魚屋に入らないんで当面はこれでいくが、せめてもちゃんと海老糝薯と名乗るようにしますと。芝海老が魚屋に入るようになれば、ぷりっと大振りの身を使って正調の海老饅頭を拵えますので、その暁には恥ずかしくないものを一番にお届けしますから、お届け先をお伝え願えないかと、このように言われた次第で」

――その約束を違えるなよと言っておいて。

「承知しました、きっちり釘《くぎ》を刺しておきます。その約束を違えるようなら、お前ら分かってるだろうなって――」

「待って、マキヲ、あの、もう少し穏当にお伝えしてもらえますか。こっちはあの海老饅頭が戻ってくる日を待っていますと」

第二回会議は次のごとくであった。

「マキヲが港の魚屋に訊きに行ってくれました」

「魚屋には芝海老はいま入ってこないそうです。港の朝の卸市場にも出てこないということで、マツリカ様、済みません、海老饅頭は当分お預けです！」

「そんな駄目を詰めるような言い方をしなくとも。マキヲ、あなたは商家に嫁《とつ》ぐんでしょう、商才はお有りなんでしょうけど、もう少し気をつけないと。口悪説の戒《いまし》めが無いと、思わぬ粗相に繋がりますよ、老婆心ながら」

――それで卸売市場にも出てこないってことは、もう獲れてないっていうことだよね。

「それは前にハルカゼが申していたとおりのことで、海峡の北では底引き網の船が軍艦に阻《はば》まれて出せないと。底引き網っていうのは、こう二艘《そう》の船が間を開けて平行に進むんですね、それでその間の海底を網で浚《さら》うわけなんですが、それを湾の入り口でやるとなると、軍艦の出入りの邪魔でしょ？　当面中止ってことになっちゃってるらしいんですよね」

「じゃあやっぱり昨今の海軍の海上封鎖のせいってことですね」

——南洋も事情は同じなの？

「海峡南の漁場だと……」

「南部同盟市諸州の首府、ヒヨコが睨みを利かせているあたりですね」

「……そっちでは軍艦は出張ってないらしいんですが」

「そうですね。南部州の海上封鎖という話は伝わってきていないかな」

——じゃあなんで不漁なんだろう。海老がもういないのかな。

「それが海老は獲れてるんですって。南部州では普通に芝海老が市に上がってるらしいですよ。狡《ずる》いですよね」

「別に狡くはないんじゃないかしら。でもそれじゃ獲れてるものが一ノ谷には届かないってことね？」

「それには訳があって、南部州では、いま氷が高くなっちゃってて、よっぽどの理由でもなければ氷は使えないんだって」

「氷？　氷の値段が高騰してるってこと？」

「もう夏も終わりだし、ずっと氷室《ひむろ》に取っておいた氷、全部使い果たしちゃったか、溶けちゃったかしたんじゃないですかね」

——氷室に氷が無い……、

「普段の十倍ぐらい高くなってて、それで利鞘《りざや》の薄い芝海老の木枠箱なんかに氷を使っちゃったら、儲《もう》けが無くなっちゃう。だから一ノ谷には芝海老の箱は届かないって訳なんですよ」

「南部州は水温も気温もずっと高いですもんね」

「もともと夏場は南部州からは一ノ谷には芝海老は出してこないもんですよ。ただでさえ氷代が余計に掛かって、氷無しで持ってくる海峡北の芝海老と値付けで争えないから。品の質が同じなら、輸送に掛かる費用の上下で利鞘が違っちゃう」

——南洋では氷っていうのはどこから都合するの？

「南大陸の北岸、内海沿いの地域では夏場の氷はすべて外地からのものですね。うんと北から持ってくるか、うんと標高の高い産地の洞穴からものです」

——標高の高い……？

「海峡東岸ですと、一ノ谷の東、グウェンデ川の源流近くの山岳地ですね。あとは北東部直轄地の南で、これもグウェンデの上流になります。そちらまで行きますと、東大陸の西岸は休火山の山脈が海岸線近くまで迫っている土地が多くて、山岳地は海まで一気に急峻に下ります。溶岩性の斜めに落ち込んでいく洞穴がいっぱいありまして、ある程度標高のあるところですと、こうした溶岩性洞穴の奥は地下水が氷結していて夏場でも氷の産地になります」

——じゃあ……そこの氷が南洋に届いていないんだ。

「これも海峡の海上封鎖の影響がありそうですね」


第三回会議の様子は次のごとくであった。

「南洋の漁港に氷の準備がない理由がもう一つありました。今、南洋の漁港には塩が入っていません」

——塩?

「島嶼海地方の湾岸部の塩田が輸出を止めています。あの市民軍が反乱を起こしたあたりに笹枝《ささえだ》の枝条架を並べた天日採塩の一大産地がありました。そこが、ご案内のような都合で、一ノ谷との直接交渉を断っていましたので、当地の産物は現状ではさらに西のキュレネや島嶼海の国家に流れています」

——一ノ谷の塩は南部州……ヒヨコの仕切っているあたりでとってるんじゃなかったかな?

「歴史的にはそうですが、同盟市構想が内海の全域に及んだころから、南部州の入り浜塩田……干潮時に濃度を増した干潟の塩田から再結晶を取る製法が、西域の枝条架式で急速に析出させる方式にほぼ駆逐されています」

「それじゃ南部州はもう塩を自前に作っていないってことですか？　塩の産地として有名なのに？」

「規模でいえばだいぶ廃《すた》れているのは事実でしょうね。西から輸入した方が安い」

「一ノ谷の塩も南部州のものを使っているはずなんですけど……」

「一ノ谷の塩は現状では備蓄分と、北部産地の岩塩で賄われています」

――じゃあ一ノ谷も南部州も塩が足りないってことになるの？

「食糧としての塩分は充分賄えますが、塩を大量に使いたいとなると足りないということになりますね」

――それはつまり……、

「遠洋漁業や海産物の輸出入では船に性能のよい氷室を用意するよりも、簡便な方法として氷に塩を添加します。氷は溶けていく間に融点温度が維持されますが、塩を加えることによって、この融点、凝固点が下がり、氷点下で安定した冷温を保つことができる。塩の添加ということなら最も簡単なのは単に海水を使うことですが、塩分濃度が高ければ凝固点はさらに下がるので冷却効率は高まります」

「どういうことでしょう、つまり塩を足すと氷の温度が下がるってことですか」

「そういう理解で構わないでしょう。ただ足す塩の量が問題で、結構必要なんです。塩分濃度が四半分……つまり氷三に塩一というような量を使います」

「……それってかなりの量ですよね」

――つまり南部州から芝海老を持ってこようと思ったら、氷の他に塩が必要だっていうこと？

「そうなりますね」

「それじゃ八方塞《はっぽうふさ》がりですね。塩が取れる南西領地とは喧嘩の最中、氷を北に求めようともそっちは海上封鎖」

――それを解けば北洋の漁は再開できるのかな……、

「ちょっと難しいでしょうね。北洋に出した海軍は……そちらからの連絡の話では単に直轄領湾岸部の反乱勢力を包囲するためばかりではなくて、対岸のニザマの水軍が出張ってこないようにと、牽制のために過分な船団が投じられている様子です」

「どういうことですか？　ニザマの海軍？」

「一ノ谷海軍は海峡部と南北の内海、北海ではほぼ制海権を掌握している……だいたい海上を支配して大威張りなんですが、ニザマ湾内ではあちらの小型艇を遣った海戦に負け続けなんですね。だからニザマの水軍が湾内から出てこないように、艦船をたくさん派遣して海峡の東西に睨みを利かせているってところです」

「海路で芝海老や、せめても氷を調達するというのも望み薄ってことですか」

「そうなりますね」

——ちょっと引っかかることがあるんだけど。北部直轄領諸州から戻ってくる連絡員がいたら、少し話を聞きたい。

「何をお聞きになりたいんです？」

——そいつは海上封鎖のなかでどうやって北部と行き来してるの？

そして第四回会議は今まさに開かれるところだった。

「お焼き召し上がるの待っていましょうか。始めていいですか？」

——始めて頂戴。

「今日、コウノキさんは一ノ谷を発ちましたが、その前に予め用向きを伝えられました」

——納得してた？

「この緊急時に馬は貸せないと言われましたが」

——なにも馬を都合しろって言ったんじゃないもの。ただ駅の正確な場所を教えてって言っただけでしょ。

「マキヲ、南方の海老の漁期はまだ続きますか？」

「魚市場で聞いた限りでは、ぎりぎりだそうです。南洋では北より芝海老の繁殖期が遅いんですって。それで秋の中ごろに産卵があるんだけど、産卵すると親海老は死んでしまうから、子海老が育つまでしばらく漁にならないって」

「子海老を獲るんじゃいけないの？」

——海老の幼生ってそもそも海老の形をしていないよ。

「そうなんですか」

「子海老は干潟や浅瀬で育って、そのあと冬になると湾の深いところに戻るんだって。だから秋から、冬にかけて一度漁を休むって話でした」

「それで今がぎりぎりっていう話になるんですね」

——港町の氷屋はなんと言っていた？

「協力するって言ってます。そもそも連中自身が海上封鎖以来、氷が手に入らなくて困ってたんで。ここは渡りに船ということでしょう」

——すると、あとは塩。

「これは専売公社の廃坑を引き取るってことですよね。任せてください。話まとめてきますって」

「自信満々ですね。まだ交渉もしていないっていうのに」

「がたがた言うようだったら、それなら結構、話は他所に持っていきますって言えば、ちょっと待ってってなるに決まってますよ」

——この商路に乗せられるものが他にないか、探し当ててきてよね。

「今のところ上りのときに空荷ですもんね。それは勿体《もったい》ない」

——なんだったら、何か当て込んで持っていってみなよ。

「なんでしょうね。今あちらで求められているものって……」

「戦争になるぞって準備していたわけでしょう、それが無しということになったら……何が欲しいかな」

「まだそうなると決まったわけじゃありませんが、まあ元気は出るでしょうね」

——北部では海上封鎖が続くことを前提に、なにか備蓄していたはずだよね。

「たとえば家畜を屠《ほふ》って塩漬けにしておくとか？　世話ができなくなるから」

「それはありそうですね」

「すると欲しいのはお酒とか？」

「お祝い事はあるでしょうね。戦勝……というのじゃないけれど、戦争回避のお祝いですか」

——北部には砂糖はあるの？

「甜菜《てんさい》の産地ですね」

——じゃあ足りてるか。

ハルカゼはくつくつと笑った。マツリカがお祝い事と聞いて、まず甘いもののことを考えているのが可笑しかったのだ。

——なにが可笑しいんだよ。

「いえ、別に」

「あとは香辛料かな」

「あっ、それは鋭いですね」

「たぶん塩漬け、薫製をいっぱい作るので底をついてますよ。お酒はいっぱい運ぶのが骨だけど、香辛料なら小樽《こだる》や桶《おけ》でいくつも運べて、運賃が安上がりですね。持っていくなら、これじゃないですか」

――じゃあ、今日中にでも調達してよ。産地をちゃんと調べてね。甜菜の産地に砂糖を持っていっても仕方ないんだから。

「そんなに根に持たなくても」


こうしてマキヲを出張に出すことになった。

細かいことの次第はこうである。

まずコウノキは北部直轄地同盟市諸州へ往来するにあたって陸路を選んでいた。一ノ谷北嶺の山道を抜けて、そこからは辻々《つじつじ》の駅で馬を換えてはグウェンデ源流の山岳地を下っていっぺんに北部に出る。

つまり北部諸州には陸路が通じており、図書館はその経路に駅を確保しているのだ。

これを聞いたことで、マツリカの算段はほぼ固まったのだった。

その先の北部諸州にマツリカが注目した理由はもちろん先述のとおり氷と塩だった。北部山嶺の標高の高い溶岩性洞穴には夏期にも氷があるという。また南部州の海塩の供給が途絶えたいま、別に塩を求めるとすれば岩塩の産地ということになるが、それもグウェンデ流域の北部山岳地だったのだ。

そこで、コウノキの利用している駅を辿って、こちらは一頭立て二輪の軽馬車で北部直轄領へ出る。コウノキのように早馬を次々に乗り換えるというわけではないが、そこそこ重たい荷があって山越えもあるから、馬換えに駅が整備されていなければ踏破は難しいだろう。もともと連絡員が往復の利便を確保していなければ十数日の行程になってしまうところだ。コウノキに依頼したのは、事前の地図上での道案内と、これらの駅に便宜を図ってもらえるよう予め話を通しておいてもらうことだった。

今回、北部州に向かうのはマキヲとカシムである。カシムは御者《ぎょしゃ》と護衛を務め、マキヲの仕事は商談だ。

旧制度下では岩塩の取引は領主、属州政務官の管轄下にある専売公社の独占事業だったが、一ノ谷城下の塩の供給源が南部州の塩田になってからは内地の岩塩採掘は下火になり、今は古代の塩湖が干上がった跡地に廃坑のように設備だけが残されている。マキヲの商談の一は、この設備の再利用を申請して一ノ谷直営の岩塩採鉱を立ち上げることだ。

すでにコウノキが北部州に朗報を携えて帰還して以来、北部州内陸部の市民軍では緊張感が緩んでいた。土地分配法が限時法として速やかに成立すれば、市民軍は解散して俄拵えの兵士たちが、新規の土地取得と農地経営に乗り出すだろう。もとよりそちらが本業だ。その中から岩塩採鉱に携わる人員を徴発したいというのが一ノ谷側の願いとなる。

また氷結地下水を擁する溶岩性洞穴については、一ノ谷はじめ海峡地域各地への氷塊の販路がもともと開いていた。現今の問題は海上封鎖によって船便が途絶え、氷塊の輸出ができなくなっていることだ。そこで離れの書斎の会議が着目したのが、コウノキの北部までの踏破経路であり、それは二度ほどの峠越えを別にすれば概ねグウェンデ川の支流筋の河岸を辿っていたということだった。早馬の連絡便は当たり前のことだが馬を駆るのであって、その経路には基本的に道がついていて、しかも概ね平らでなければ都合が悪い。川沿いの道はだいたい右の条件を満たすわけである。

離れの書斎で饅頭などを片手にした珍妙な会議の中で、コウノキに教わった要地を点々と地図に打っていきながらマツリカが思いついたことが何だったのかを、このへんでハルカゼとマキヲは理解することとなった。

つまり岩塩採鉱の廃坑も、氷結地下水の洞窟《どうくつ》も、どちらもグウェンデの上流にあるということではないか。

したがって内陸の漕運《そううん》が使える。

北部直轄地の塩と氷は最小の労力で、一ノ谷に定期的に持ち込むことができる。川上で船に塩と氷を積み込んだら、あとは下流に流してやるだけでいい。

だとすれば目下焦眉《しょうび》の急は、岩塩鉱床と溶岩性洞窟の直近にそれぞれ船着き場を設けることと、そちらと定期の船便で一ノ谷を結ぶという計画を申請することだ。現場の直接交渉はマキヲに、そして公的な書類の提出はコウノキに依頼することにした。

高い塔が仲立ちになったお陰で、念願の土地分配法がひとまず成立する流れができたといって、それに浮き立っている北部同盟市が、この朗報を齎したコウノキの提出する申請書類をどう扱うかは想像に難くない。少なくとも無下《むげ》には扱うまい。

一ノ谷にとってはこの定期便の価値は、塩とか氷とかいったようなとかく供給源が一元化しがちで、今回のようにひとたび紛争が勃発《ぼっぱつ》して、船便が途絶えた場合には簡単に入手路が失われてしまう物資について、別の糧道を確保しておくことにある。これも一国の安全保障に係る施策と言えるわけだ。離れの会議は海老饅頭の確保のために、堂々と公金の注入を要求しようとしていた。もちろん公金消費の口実は塩と氷の入手経路の複数化である。申請書類のどこにも「芝海老」などという言葉は姿を現さなかった。


次いで使者は南方に送られた。使者が携えたのはマキヲとカシムが北方から持ち帰った岩塩と氷塊の見本である。

一ノ谷中央は独自の伝手を辿って、岩塩と氷を手に入れた。北部漁場が海上封鎖によって休漁になっている現在に、あとはこれら塩と氷を有効に利用して、一ノ谷中央に新鮮な魚介類を調達してくる南部州の海商を見つくろうばかりである。ハルカゼはマツリカがこの計画の実現のためには、どんな強力な伝手を辿るのも良しと見ていることに鑑《かんが》み、ヒヨコに連絡を取ったのだった。

もともと南部州、とりわけヒヨコのお膝元では、一ノ谷中央との商業関係は緊密であった。ヒヨコとしては、タイキの工作――彼の言うところの少数派工作という奇策によって、海峡地域周縁部の内戦続発の危機はほぼ解消していると見ていた。海上貿易もあらためて活発化し始めるだろうし、例の船担保の補償がついた船団組織の投機商品化という試みにも進展があるだろう。中央の商圏に食い込もうと手ぐすね引いている海商の雄なら何人でも都合がついた。

こうして南部州からも試験的に快速船が海上を走り、漁獲を直接一ノ谷中央に卸すような段取りが試された。この際、偏西風を背にして早朝に一ノ谷漁港に接舷《せつげん》した快速船が実験的に持ち込んできた囮《おとり》商品は、今夏一ノ谷の卸売市場からはとんと遠のいていた足のはやい近海物の青魚と、ひとたび鮮度が落ちればすぐに臭みが酷《ひど》くなる梶木《かじき》鮪《まぐろ》の腹身、それからもちろん木枠箱の中で粒氷に埋まっている芝海老の山である。

螺鈿の執務室の机の下でマツリカは海老饅頭を銜《くわ》えて、海峡地域の海図と、海峡東岸の一ノ谷北部直轄地諸州の地図を見比べていた。

「マツリカ様、私にはちょっと窮屈なんですけど」

——じゃあ出ていけば。

「私にも見せてくださいよ」

胡坐座のマツリカのとなりで、膝を抱え首を竦めたハルカゼはマツリカの肩越しに地図を覗き込んだ。

——海路の方が早いものかと思ってたけど。

「グウェンデの船便ですか。驚きましたね、あんなに早いとは。ずっと下りだからでしょうけど。こちらから荷を上げるときにはもっとずっと懸かるんじゃないですか」

——荷上げには向かないかな。上りは空舟を岸から驢馬《ろば》で引くのかな。

「そうなりますか。上りのときは船に何か乗せようなんて欲張らずに空舟で返して、なにか嵩張《かさば》るもの、重いものなら、海周りにした方が良いかもしれません」

——でも海路は風向きにも依るからね。

「朝か晩には都合の良い風が吹くでしょう。川伝いの漕運ですと、船を大きくできないのが短所かもしれませんね。途中の渓流部で瀬を越えられないじゃないですか」

それからハルカゼも海老饅頭を手に取った。目の前に掲げてしげしげ眺めてから一口かぶりつく。

「あら」

ハルカゼの嘆息にマツリカが振り向いた。なにやら手柄顔である。

「これを期待していての海老糁薯じゃ、ご不満ももっともでしたね」

もっちりと柔らかく分厚い皮のうちには緩く纏まった餡があり、その主役はもちろん歯ごたえのある大振りの芝海老。韮、若竹と椎茸《しいたけ》が刻まれ、生姜や大蒜を微塵《みじん》に和えて、胡麻《ごま》油《あぶら》を絡めた餡には海老出汁が利いている。前の憎き海老糁薯の饅頭では海老殻の出汁がやや臭みと感じられたものだが、こちらの海老出汁はひいき目で言っても香が強いのにすっきりと好ましく、芝海老の身をぶつりと噛み切ると身に甘味が微かに感じられる。

こうしてマツリカは海老饅頭の敵討ちをしおおせた訳だが、その過程で北部直轄地との通商路を一つ開いて、氷と塩の糧路を新たに確保したことになる。これが海老饅頭の副産物なのだから呆れた話だ。

梅檀《せんだん》は双葉より芳《かんば》しというが、なるほどこれが図書館の魔法使いの孫。これからどう育つものか想像もつかない。周りの大人――ハルカゼとマキヲはマツリカの疑問に答えていただけだった。あるいはマツリカの疑問に応じて調査をしてきただけだった。それなのにいつの間にか南部州の海老を一ノ谷に持ち込むために、北部直轄地の廃坑と氷室を結ぶ漕運の開発という事業に乗り出すことになってしまった。

その人の頭の中では、あらゆることが結びついている。あらゆることが相互に関係し合っていて、何かを動かすと、それに連動して全てが動き始める。なるほどこの世に真に孤立した出来事など本当はあり得ず、あらゆることは重なり合う縁起の相互作用によって互いに影響を与え合っているのかもしれない。だが、そうした関係の全体、相互作用の全体を把握して統覚しているような知性のあり方に触れると、むしろ恐れを覚えないではいられない。

ハルカゼはタイキにそうした恐れを感じるし、この幼いマツリカにもすでに戦《おのの》きに近い感情を抱いていた。

それは結局、自分の立場、自分の真実、自分の吐いている嘘――それを全て見透かされているのかもしれないという恐れだったのかもしれない。

見えないものも見えている少女。知らないことも知っている少女。彼女が小さな石を一つ取りあげると――普通なら小さな石が一つ持ち上がるだけであるところ、まるでその石が強力な磁力を持っていたかのように、周りの全ての石が動き出して布置が書き換えられていく。

全能というわけではない。むしろ無力な一人の娘にすぎない。だが、この人は確かに世界を変えてしまうかもしれない、そんな印象をひとに与えるのだ。この人は私の世界をすら変えてしまうかもしれない、そんな印象を。

この少女はハルカゼの世界をも変えてしまうのだろうか。もしかしたらもうそれはすでに変わってしまっているのかもしれない。

マツリカの頭が傾《かし》いで、膝を抱えるハルカゼの腕にぶつかった。マツリカがハルカゼに凭れていた。だいぶ懐いてきたので、そうしているというのではない。椅子の背凭れに依りかかるのと同じだ。単に眠ってしまったのだ。マツリカはよく寝る娘だった。

ハルカゼはしばらくじっとしていたが、胡坐座のマツリカはハルカゼに凭れたまま、前後に揺れ動いている。マツリカの頭を支えたままで、絨毯の上の茶碗を押しのけ、海図と地図を脇に寄せ、床に拡げてあった数冊の本を閉じて、机の下の本の山に加えた。

床から取り上げた最後の本は少し進んだ三角法の概説書のようだが、マツリカは例の「回るものを表すまた別の函数」とやらを見つけられたのだろうか？

その概説書を持ち上げたとき、毛織りの絨毯の上を擦ったので静電気が生じていたのだろう、一葉の薄い紙が下の面、裏表紙に貼り付いていた。ハルカゼが概説書を山の天辺《てっぺん》に積み直そうとしたときに、紙が二つ折りになっていたために、折れた一枚の面が垂れて、そこが風を孕んだ。そしてその一葉の紙片は本の裏から剝《は》がれ落《お》ちてマツリカの膝元に舞い落ちていった。本を伏せたように、折り目のところが山になって持ち上がっている。

その裏には例の往復書簡が記されているのだろう。言葉少なに交わされる、孫娘と祖父の間の、何かの確認の作業だ。

それは私信に類するものだろう。ハルカゼは紙片の裏を覗き込まず、そのまま山の所を摘んで持ち上げて、畳まれたままの形で先の概説書を少し持ち上げて下に紙片を挟んだ。

詮索《せんさく》する気持ちは無かったが、どうしてもこういうことに使う眼が鍛《きた》えられている。用紙が薄いので畳まれたままでも、文全体の雰囲気が文字どおり透けて見えてしまうのだ。前回見てしまったものよりやや長い文言が記されていたようだ。やはり、重しに乗せた三角法の概説書に、マツリカは件の質問の答えを見つけたのだろうか。黒々とした固い文字の祖父の返答は今回も一行だったように見えた。

マツリカは眼を覚まそうとはしない。

ハルカゼは座ったままで、足元の地図や皿や茶器をすべてさらって机の上にあげると、凭れているマツリカを腕の中に招いて、抱え込み、抱き上げて立ち上がった。軽々と持ち上がった。

するとハルカゼの鼻の奥が疼《うず》いて、すこし涙が湧いてきてしまった。

軽いのだ。

本当に小さな少女なのだ。

こんな小さな身体に、あのような歪《いびつ》とも言えるまでの知性は重すぎやしないだろうか。こんな軽い身体に、これから私たちはどれほどの重責を課していこうとしているのだろうか。

ハルカゼは書斎の入り口のところでマツリカを抱き上げたまましばらく身動きができないでいた。

動いたら壊れそうで怖かった。

やがて廊下の先からぱたぱたとイラムが近づいてくる音がした。

ハルカゼと腕の中のマツリカを見比べて——とくにハルカゼの腫《は》れた目を見つめて、イラムは猛烈な早さで手を振り始めた。

なんで泣いてるの？　マツリカ様がどうかしたの？　そんなところだろう。だがハルカゼには手話を振るための空いた手も腕もない。イラムに向かって「マツリカ様の部屋を整えてください」と声で言った。イラムはハルカゼの顔をまじまじと見つめていたが、前に立ってマツリカの部屋へと向かう。ハルカゼも着いていった。

マツリカの自室は書斎のすぐ傍だ。下で臨時の館員の寮として徴発されている部屋と同様、天井ばかりが高い狭い部屋だが、興味深いことに、この部屋には書物はごく僅かしかなかった。寝台の傍机に二、三冊、それから奥の衣装簞笥《だんす》の上に四、五冊といった具合に点在している。ただ幾枚もの二つ折りの用箋が……あの「往復書簡」が寝台の下や、傍机のうえ、あるいは簞笥の足元に散《ち》り撒《ま》かれているように見えた。

イラムは寝台の上に脱ぎ捨ててあった服をさっと畳んで、それから寝台掛けを整えて、巨大な枕を頭板に凭せかけた。

そしてハルカゼに、ここに座らせてと身振りで示した。マツリカは座位で寝る時間が多いのだ。

マツリカを寝台に安置して、二人は部屋を後にする。ハルカゼが振り返ると暗がりの中でかさりと用箋が音を立てている。閉めようとした戸が巻き起こした風に吹かれて、床に散っていた一葉の用箋が身じろぎをしていた。

戸を閉じるとハルカゼはまた立ち止まっていた。イラムが振り向く。

——どうしたの?

イラムは腰元から手巾《はんかち》を出してハルカゼに背伸びをしている。

ハルカゼは腰をかがめて、目元を拭《ふ》いてもらった。

——なんでもありません。ただちょっと悲しいことを考えてしまったんです。

＊　＊　＊

第三次同盟市戦争は起こらなかった。

起こらなかったことであるから、いつ起こらなかったのか、どのように起こらなかったのか、そのように問うても答えはない。

漠然と、何時ともなく、何故ともつかず、それは起こらなかったのだ。

そして海峡地域一帯の沈静化と歩みを合わせるように図書館もまた静かになりつつあった。

その広間を闊歩する館員はいまは一度に一人か二人ぐらいしか見ない。小会議室の中も人《ひと》気《け》が無かった。あの喧騒が嘘のように地上階の広間は静まり返っている。待合室前に詰めている連絡員も最早なく、空いた椅子だけがやや乱雑な線を描いて放置されたままそこに残っていた。

離れに寄寓する人員の数も減り、やがて寮の体裁も失われる。臨時雇いの使用人も解散となり、後に残るのは最初からそこにいた者たちだけだ。

そして図書館の番人タイキの姿はしばらく広間に見られなかった。ならば小会議室の奥の執務室にいたのだろうか。多くの者がそう思っていた。しかし実際にはそこにもいなかった。どこにもいなかった。

図書館の者たちはタイキは離れに戻っているのだろうと思っていたし、離れの者たちはまだ図書館に詰めているのだろうと思っていた。タイキが居ないことに気がついていたのはエニスぐらいのものだったろう。エニスは、それに加えて、あの引っ詰め髪の袴の男がいないということに気がついていた。そしてその二人がどこに姿を消していたかにも予断があった。

十日ほど姿の見えなかったタイキが離れに姿を現したのは暮れの秋に差しかかったころだった。タイキと袴の男は離れの玄関広間に入ってくると、旅装を解きながら丘博士に離れに立ち寄ってもらいたいという旨の伝言を出した。それから書斎を使うと言いだしたので、慌てたのはマツリカとイラムである。主がいないのを良いことに、執務机の下を俄拵えの基地か何かみたいにして、好き勝手に使っていたのだ。ハルカゼも一緒になって書斎へ飛んでいった。タイキや客人の丘博士が来る前に片づけてしまわなくては。

執務机の上に積んである書籍はタイキの都合で置かれているものだから、この際触れなくともいいだろう。ひとまずマツリカが持ち込んだ机下の本は全部引っ張り出さなくては。

イラムは螺鈿細工の執務机の漆を、固く絞った布巾で拭《ぬぐ》っていた。しばらくの留守の間に積もった埃《ほこり》を吹き清めていたばかりにはとどまらない。マツリカらとここで茶を喫した痕跡《こんせき》を拭きとっていたのだった。

ハルカゼは本の山を絨毯の上で引きずっているときに天板の裏に頭をぶつけてしまった。マツリカも本の山を崩してしまい、詰まれていた本と用箋が散らばった。

ハルカゼは自分が引っ張りだした本の山を書架の方へ片づけて、マツリカの手伝いに回る。イラムが机の下に頭を突っ込んで散らばった用箋を拾い集めていた。

イラムは何の気なしに、その二つ折りになった用箋の一枚を開いた。何かの原稿か、はたまた反故紙かなにかか、検めようとしたのだろう。ハルカゼの位置からははっきりと見えなかったが、これは例の「往復書簡」の一枚だろう。マツリカは言葉もなく、さっとその一枚をイラムの手から抜き取り、封をするように二つ折りに畳み直すと、そうした用箋の集まりを本の山とは別に積み直していた。同じような用箋が二十や三十はありそうだった。

それからマツリカはそれら用箋の山を自室に持っていった。

どやどやと階段を上がってくる物音が響き、足音が書斎に近づいてくる。入ってきたのはタイキとロワン、それから件の袴の男である。執務机ではなく、幾つか並んだ書見台の周りに四脚の椅子を集め、タイキとロワンはそれぞれ腰掛けた。袴の男は壁際に立ったままだったが、杖を衝いているのは足が悪いからではなさそうだ。もう一脚残った椅子は丘博士を待っている。

しばらくすると丘博士を伴ってエニスが書斎に上がってきた。エニスは離れには割に頻繁に顔を出すが、今日はちょっと寄ってみたというような感じではなかった。丘博士が呼ばれた理由ははっきりしている。

タイキと袴の男はニザマから帰ってきたのだ。これはタイキのニザマ往訪の事後報告だった。

「まさかニザマにお出向きだったとは……」呆れ顔なのはロワンである。

「そんなところだろうとは思っていたけど」彼女には想定内のことだったとしても、エニスも嘆息を押さえかねている。

「まあ、そう言わんでくれ。仕上げに一つニザマに重しの石を乗せておかなくてはいけない。この呪《のろ》いは手ずから掛ける必要があったんだ。ひとつニザマ皇帝と内々に話してみたいこともあったしね」

「危ない方はキリヒト様に依頼したんですね」とロワン。

「さすがにミツクビの蛇穴《さらぎ》にまで素足で入る度胸は無いな」とタイキは笑う。

当のキリヒトと呼ばれた羽織袴の男は壁際に黙って立っている。ともすれば居るのを忘れてしまう存在感の無さ。これがこの男の特殊な職能なのだろう。もう誰もが気がついていることだった。キリヒトはタイキが呼び寄せた窺見の一人で、しかもその任務はおそらく草屈《かまり》ではない。もっと剣呑《けんのん》な任務に携わる向きで、いつも携えている黒檀の杖が彼の得物だ。


「何故いまニザマに出向くことが必要だったのか、それを説明しておこう」

このほどの少数派工作の最後の仕上げをしなくてはならない。

一ノ谷の南、西、北の直轄領ならびに同盟市に対して、それぞれが求める権利や、名誉や、実利を齎すために、高い塔は八面《やおも》に連絡員を派遣し、各地の要求、主張を容《い》れて調整を試みてきた。そしてここで当事国となるのは、一ノ谷属州やその同盟市ばかりではなく、広く海峡地域の同盟市構想に参画する十指を数える隣接国家も同様である。

その一々に対して、何らかの手当てを施し、懐柔をはからなければならない。場合によっては牽制をして、脅しをかけなければならない。なかでも海峡東西の岸を一ノ谷と分け合う北の大国ニザマに対する働きかけが必要だった。

ニザマの求めるものが何かと言えば、これは一ノ谷が没落し、代わってニザマが同盟市構想の盟主として立ち、海峡に広く影響力を知召して陸海の要衝を支配すること……こうした贅沢《ぜいたく》をすべて聞き届ける訳にもいくまい。

今回の一ノ谷の工作の方針は、焦点となる何らかの具体的な問題についての譲歩、認容と引き換えに、先方が採りうる政治的、軍事的な選択をもっとも穏当なものに丸めてもらうというものだった。典型例としては、政務官の支配権に対抗するための「上訴権」や「弾劾制度」を整えるから、一足飛びに市民権を要求するのではなく、制度の変更ない限りは引き続き翼軍補助兵の立場に甘んじていただいて、さしあたり市民軍蜂起の動きについては「時宜に仍《よ》り其《その》兵員を減じ或《あるい》は撤回すること」を要求する——と、こういった塩梅であった。

しかし対ニザマの交渉に関しては、善隣外交で事をなせるかどうか、それは望み薄だ。

そこで高い塔が対ニザマ外交の大綱として掲げたのは不可侵《ふかしん》の約定で釘を刺すという方針だった。平たく言えば、こちらは海峡中でいろいろと小知恵を回して問題を収拾してまわるが、その間に余計なちょっかいを出してくるなよ、という主旨である。もとよりニザマの暗躍によって、一ノ谷周縁部は切り崩しを掛けられている訳で、ちょっかいは継続しているのが実情なのだが、それについてはいちいち言挙げしないで不問に付すから、この上出過ぎたことをするんじゃないぞと、出来るかぎりきっぱりと威嚇しておきたい。そのためには軍力の差を見せつけて笠《かさ》に着るなり、なんならどこか要衝を陥落させてから期限つき租借に出してやるなり、なにか脅しが利くような条件が必要となる。

たとえば北海の海上封鎖などにはそうした威嚇の意味合いがあったわけだが、ひとたびニザマ湾内にはいれば一ノ谷海軍の威光も色あせてしまうという事情があって、脅しをかけるにしてもちょっと腰の引けた姿勢になっているのは否めない。一ノ谷の制海権の大きさも、ニザマ港湾の難攻不落と差し引き収支があってしまって、脅しとしては利いていないのだ。

そこで何らか手を尽くして、ニザマをちょっと脅してこなければいけないぞ、ということでタイキが直接乗り込むことになったのだった。これは冗談でも何でもなく、こちらには伝手もあれば事情の心得がある、お前のところの庭先にいつでも現れることができるんだぞ、と示すことが肝要で、以前に丘老師の救抜のためにニザマに乗り込んだときにも目に物見せた、窺見の府を指揮する暗事《くらごと》の棟梁の真面目《しんめんぼく》がこれである。

じっさいタイキがかなり自負を持っていたのがこうした腰の軽さであり、しかもそれを支える武威を直近に侍《はべ》らせていた。それが引っ詰め黒髪の袴の男のことであり、三国に打ち次《すが》う者なき無類の刺客として知られる名に、キリヒトと呼ばれていた。

タイキはキリヒト一人を従えて、ぬけぬけとニザマを訪ねて帰ってきたところだったということだ。

ニザマ往訪の用向きは二点、ニザマ皇帝主上陛下に手ずから書簡を渡してくるということと、宦官中常侍の長、中書令ミツクビに、こちらも手ずから書簡を渡してくるということである。敵国の最重要人物の懐に、土足でずかずか入り込もうというのだ。

二人はニザマの水先案内人の手引きで、ニザマの難所、渦潮の湾をぬけて港湾都市に上陸した。そしてタイキは港湾都市ニザマの石窟《せっくつ》宮殿へ、キリヒトは中原の宦官宰相の私邸へ向かった。

ニザマ港湾都市はその最奥では山地に切れ目を入れたような峻険《しゅんけん》な谷に続いてゆき、その谷間には巨大な岩盤から丸ごと削りだした石窟宮殿がある。この昼なお暗い石窟宮殿の昼御座《ひのおまし》にニザマ皇帝がましました。かねて連絡があったものを冗談とはとらず、典医集団と僅かな供だけをつけて玉座に待っていた。

そこにタイキが乗り込んで小一時間を玉座のニザマ皇帝と話し込んだという。その中でタイキはニザマ帝に一つ便宜を図ることを約束した。それをもってニザマ帝の年来の宿願を晴らしたのである。それがどういう用件であったかはまた別の話に譲るが、ニザマの国内では果たし得ない希望があり、タイキの申し出を得難い奇貨として受け入れることとなった。

一ノ谷からニザマ帝に申し出た交換条件は、ただこのほどの内乱の平定にあたり、万事に静観を願うばかりであった。

かたや首都中原の城市は暗鬼の跳梁跋扈《ちょうりょうばっこ》する現《うつ》し世の魔境である。宦官官僚が絶大な権勢をもって遍《あまね》く支配するこの都市のうち、もっとも賑々《にぎにぎ》しいのが蔭官《いんかん》、捐官《えんかん》の集う、情実や金子でその地位を得た下郎どもの宴《うたげ》である。

中常侍一党の最高権力者、中書令ミックビはこうした淫靡《いんび》な宴を私邸に主催しながら、その姿は酒席にではなく、奥の院の行き止まり、迷路のような通路の先の隠し部屋にあった。隠し部屋は中書令の薬事室であり、調剤と処方の間だったが、同時にそこは在りとあらゆる密謀の湧き上がる不埒の坩堝であり、さまざまな陰謀奸策がこの部屋で調えられ、処方されていった。

そしてそのときまさに中書令はその忠実なる配下の一、隻腕《せきわん》の左僕射《さぼくや》メテの治療を行っていたところだ。メテの右腕は切断部位の予後が悪く、年々短く切り詰められていた。

そこに中背の壮年の男が杖を手にふらりと現れた。ミックビとメテはぎょっとして目を疑う。おそらく国で一番警護の固い私邸の、さらに幾重もの防備に守られたこの地下道に、他所者の立ち入る余地はないはずなのだ。羽織袴の男は懐から封筒をとりだし、薬事室の隧道《ずいどう》のような入り口に跪《ひざまず》いて取り継ぎを請《こ》うている。ミックビが頷いて、メテはおずおずと闖入者に近づき、引ったくるように封筒を手にしてきた。

「一ノ谷の遣いか」

男は頷く。もっとも、中書令が訊きたかったのは、もっと直截《ちょくせつ》に「お前は一ノ谷の遣わした暗殺者であるか」ということだった。

そして仮にそのように訊かれていたならば、返答は「然り」である。

だが今回の来訪の目的は暗殺ではなかった。

メテはこの男の余裕のある素振りに困惑していた。それというのも……今メテ自身が呼子なり何なりで、そとの警護を呼び寄せればこの男を取り逃すことはまずあるまい。しかしその場合ともなれば、決して逃げられぬ脇道もない穴蔵の中に好んで来ているからには、この男は逃げることにはすでに関心はなく、ただ目の前の果たすべき用向きだけを果たすように務めるだろう。

つまりこの男を逃がすまいと立ち働けば、代償は手前の自分と中書令の命である。

ミックビの判断もおおよそメテのものと変わらなかった。ともかくも、このニザマ中原の陰謀が日々産み出される最奥の間といってよいミックビの薬事室に、ほぼ手ぶらで姿を現すというのは、大胆な示威行為である。

その一方で殺気の一つも纏っていないのは、本当にこの手紙を届けることだけが目的なのだ。言い換えれば、ここにこうして現れて、いつでもこのとおりお前のもとに参上しうると心得よ、と脅しをかけているわけだ。

メテが中継した書簡をミックビは受け取った。

ただ手紙を受領したというだけなのに、この上ない恥辱を感じた。

結局、手下のものを呼びつけて敵味方入り乱れて命の火花を散らすと、そういう捕り物芝居の一幕は訪れなかった。たった一本の杖を携えて現れた暗殺者に威圧されて、大国ニザマの政道を差配する中書令が部下を呼ぶことさえ成しかねたというのである。

男は来たときと同様に、だまって踵《きびす》を返すと静かに歩み去っていった。それを見送ることしかできなかったという事実もまた、この数十年に覚えた中でも最極《さいごく》の屈辱だった。この屈辱を贖うためにどれほどの血が必要となるか分からない。ともかくもミックビは返報すべき屈辱を得た。一ノ谷との因縁《いんねん》はこの後いっそう色濃いものになっていく。


その後、薬事室へ続く隧道を逆に辿ってキリヒトは酒宴の騒ぎを迂回していったが、高い築地塀《ついじべい》に囲まれたこの私邸では結局門衛の誰何を受けねば出入りはできないところだ。だが入ってくるときに面倒を見たので、北東の鬼門に開いた裏木戸にはもう門衛がいないはず、それで塀伝いに裏木戸を目指すと豈図《あにはか》らんや、前に人影がある。門衛が片づけられているのを見て、邸宅に侵入者のあったことを知り、したがって逃走路としてもこの裏木戸を選ぶのではないかと踏んで、見張っていたのである。

落ち着きのある肝の据わった大男で、携える長槍《ながやり》の穂は大身の素槍、つまり穂先に分枝の無い簡素な形のもので、腕前の程が窺われる。だが恐らく腕前に自負があったのが当夜の不覚、腕に覚えのある剛の者は洋の東西を問わず、同じく手練れの敵に相対する際に、どこか手合わせの気味を生ずる。無意識裡《り》に公正な勝負を想定するのだ。それで足音もなく近づいてくるキリヒトの姿を認めると、あたかも名乗りを上げるが如《ごと》くにまずは槍を対峙《たいじ》する相手に向けてぴたりと止めて見せた。

　キリヒトは挨拶をしない。不心得にも開戦前の一瞬の見合いがあるはずと期待した槍持ちは、自分の槍の穂が中段に静止して敵影にぴたりと照準が合うという瞬間がもう訪れないということを悟るまでに、すでに両目の視力を失っていた。敵が槍の穂より手前にもういるぞと気がついたときには両眼が真一文字に切り裂かれていた。

　キリヒトからすると互いに正面に立ち止まって得物を見せ合うというような儀式に、まったく用を見いださないのである。相手が槍を止めているなら此方《こなた》は間合いに入ってとっとと切るまでだ。

　ここで刺客キリヒトは後代の一ノ谷に多くの因縁を残すことになった。中書令の執念《しゅうね》き復讐心に火を灯したばかりではない、ニザマ中原の大身の素槍を用いる槍術《そうじゅつ》の流派は門人が多く、一ノ谷のキリヒトとどう斬《き》り結ぶかという問題は流派の課題と化した。結果としてキリヒトの一名を襲ったものは後代に至るまで門弟の挑戦を受けつづけることになる。

　タイキは皇帝と友誼を結んできた節があるのに、キリヒトの方は中書令に姿を晒して挑発してきたも同然だった。しかも中書令に手渡された書簡は穏当な文言に隠した底意が透いて見えて、さらに挑発的なものだった。

　その手紙に書かれていたのは、輸出入の止まっている資材や生鮮食品について、必要ならば一ノ谷が間に立って用立てましょうか、といったあたかも善意からなる協力的三角貿易の提案だった。今般の海峡地域の海上封鎖や各地の内戦準備の影響を受けて、不通になってしまっている通商路は多い。

ところでこの親身で親切な提案のどこが挑発的だったのかというと、南方の苧《からむし》栽培地との関係が切れ、北洋の鰚《はらか》漁場から船足が遠のいているニザマとしては、その辺の産物が必要なんじゃないのか、必要なら調達するぞと説いていた部分である。

もちろんこれはニザマの海上防衛力の担保の一つ――弩弓の製造に必須の材料、換え難い勘所の品をこっちで押さえてあるから、という相当に嫌みな仄めかしである。また、この提案は一ノ谷もまた強力な弩弓製造の秘訣について、いまや案内であるということを知らしめることにもなっている。要するに、厚顔無恥の一ノ谷が――彼らとしては、そう感じることだろう――苧の靭皮と鰾膠《にべ》とについて不足目《たらずめ》になっていると思うけど、大丈夫？　こっちで都合してあげようか。いらなきゃこっちで弩弓は作りますけどいいですよね……そんな具合に厭風《いやふう》を吹かせてきていることになる。まさに慇懃無礼《いんぎんぶれい》の極みで、よくもこんな丁寧な文言で、立つ角を悉《ことごと》く立てていけるものである。

本当を言えばタイキは、ニザマ湾内の水軍の防衛力を支えているのはやはり一番に、小回りの利く軍船の運用に尽きるのではないかと思っていた。渦潮と岩礁と、干満の狭間の激しい潮流と、すべてが一ノ谷の大きな軍艦に不利に働いているのであって、弩弓が有ろうが無かろうが、あまり変わりはしないのではないか……それぐらいの気分だった。つまり地の利、水の利に適った、地元特化型の船団編成に長があるのであって、その証左としてニザマ水軍の船団は湾外には、海峡には出てこないではないか。湾内限定の無敵船団なのだ。

だから弩弓がどちらの側に幾つ装備されていようが、本質には変化なしと見ているのだが……しかし戦役や、その準備というのはそこまで散文的なものではない。なにか印象というものが、隠然と影響するものなのだ。

つまりタイキの書簡の本旨は、一ノ谷と事を構えようって言うのならば、ご自慢の弩弓は枢要な部材が手に入らなくて作れなくなる、かたや一ノ谷にはもう弩弓製造技術があるんだから、船端に並べる弩弓は一ノ谷の戦法になるよ、ということだが、それはすなわち今までずっと成功を収めてきた、勝利を約束する不動の理論が他ならぬ相手の物となる、ということを意味する。あるいは勝利を保証してくれる確かな呪いを今まで掛けてもらっていたが、以後はその呪いは相手の物となる、ということを意味する。苧と鰾膠なんていう詰まらない品の販路を握り込むことで、それだけでニザマの勝利の方程式を根こそぎ簒奪《さんだつ》しようとしている。

これは実は呪的《じゅてき》な闘争なのである。

こうしてタイキとキリヒトの二人は、海峡同盟市の少数派工作の掉尾《ちょうび》の細工として、ニザマの中枢に呪いを掛けてきたということになる。ニザマ皇帝は懐柔し、中書令ミックビは挑発した。それぞれ働き方は異なるが、もう呪いは効いている。以後一ノ谷の意向を無視して暗躍することは許されない。それがタイキの書簡に込められている呪法《じゅほう》であり、それこそが高い塔の番人が魔法使いと呼ばれる所以なのだった。


「まあお疲れさまでしたと言っておくよ」エニスは低く呟く。

タイキは勝手知ったる自分の書斎で靴を投げ捨て、緞通の上に裸足で立っていた。

「かれこれ一月、忙しかったな……」

不眠不休の一月だった。ようやく手透きになって人心地ついているのはタイキばかりではない。

「それにしても腹が減ったな。食堂に下りるか、ここでやっつけちまうか。イソキ婆を呼んでくれ」

「書斎で召し上がるんですか？」とハルカゼ。新しい悪癖がばれているのかな？

「下の食堂はずっと臨時徴発の連絡員の寮食堂になっていただろう？　落ち着かなくていかんな」

「まあ仕方ないだろうよ。準戦時状態って言ってたじゃないか」とエニス。

「じゃあ、もう終わりだ。戦時は終わり。ようやく手応えがあったよ」

ややあってイソキが大きな竹網の行李を持って入ってきた。

「ここで食べるのかい？　お嬢の悪癖が移ったんじゃないだろうね」

「これはまた、あれですか？」ロワンが首を傾げた。

「今、毎日届くんだよ、これ」とイソキ。

「どうしてですか？」

「前に……爺さんがニザマに出張ったりする前に、ちょっと海老饅頭の品質が落ちただろう？」

「そうでしたか？」

「あれにお嬢が文句を言ってね。看板に偽りありって言って」

目が見えないので何を思っているかは分からないが、丘博士がぴくりと反応した。

「そしたら菜館の包丁が詫びを入れてきて、今、毎日これが届くんだよ」

「そうなんですか。これが全部海老饅頭？」ロワンは手を伸ばす。タイキにも一つ手渡した。

「本当にここで召し上がるつもりなんだね。イラム、お茶入れてきな。手押しの台で持ってくるんだよ」

「丘老師もいかがですか？」

「あまり腹も減っておりませんし、お断りしようかと思っていたのですが、品質を直させた？　ちょっと興味が湧いてしまいました」

やがてイラムが手押し台に薬罐《やかん》と茶器を載せて戻ってくる。どうしたことだろう、書斎で喫茶というのが定着してしまいそうだ。

「美味しいじゃないですか。海老がぷりっと入ってて……」ロワンが頬を膨らませたままで言った。

「ああ、ここの店のが一番上手《うま》いんだ。これは卸売市で茹で芝海老を求めても駄目なんだよな。生の海老が市に無いといけない」

あれ？　ハルカゼがイソキに視線を送った。イソキも視線を返してきていた。この店の海老饅頭が好きだと言っていたのは……タイキ様だったの？

「それが問題なんだよ。いま海峡じゃ休漁のところが多いだろう？　生海老なんか入りゃしないんで、この菜館も味を落としてたんだ」

「そうだっけか？　気がつかなかったがな？」とタイキ。

「味も分からなかったんじゃないか。もう機械的に口に詰め込んでるだけだったし」エニスは改めて哀《あわ》れがった。

「海老饅頭に当たらなかったんじゃないですかね」

「私は当たりました」と丘博士。「ご馳走になっていて申し上げることではないかもしれないが、前回頂いたときはずいぶん違うものでしたよ。材料が無かったのですね。本領が発揮できず残念だったでしょう。今日頂いたものはまったく違います。これならお好きになって拘《こだわ》っていらっしゃる方がいるのも納得です」

なるほど丘老師は言外に前回は不味かったと認めている。

「前のときは海老の出汁で融《と》いた練り物の餡になっててね、これじゃ駄目だと、お嬢が怒っちゃって」

——怒ってないよ。

イラムが点心の到着を注進していたのか、いつしか書斎に戻ってきていたマツリカが、末席から面倒くさそうに言っているが、誰の目にも留まっていない。でも、それは本当だ。マツリカは別に怒ってはいなかった。ただ「これじゃ駄目」と言っていたのだ。それは……その意味は……、

「新製品の海老糝薯饅頭ですと看板を掛けていればともかく、これは今までどおりのものじゃないねと、菜館に不満をぶつけたら、先方は平謝りで……よい材料が入って、もとの調法に戻せたら、その暁にはすぐにお持ちしますからって言って、こういうことになってるんだ。今、毎日届いている」

「私は毎日これでもいいがな」

「じゃあ、爺さん、精々召し上がりな。ロワンもなんなら幾つか持っていきな」

「しかし生の海老が入荷を始めたんですか？　ずいぶん漁場の回復が早いですね。だって海

上封鎖はまだ続いてますよ？」

「いや、それもお嬢が……海老を調達してきたんだよ……八方手を尽くして……」

「は？　マツリカ様が？　海老を？　獲ってきたんですか？　何処で？」

「なんだっけハルカゼ、南の海老が届くのに……」イソキが説明しかねて困っている。

ハルカゼが話を引き取った。首を捻《ひね》っているロワンやタイキに事の次第を簡単に説明した。海老の足りない菜館、魚屋、港の卸売り、品薄の原因の海上封鎖と、南部州の鮮魚が一ノ谷に来ない理由。塩と氷の調達とグウェンデ川の漕運輸送……、
話を聞いているうちに、タイキやエニスやロワンは、笑い話を聞いているという感じではなくなってきた。ハルカゼには分かる。彼らはマツリカが、もうタイキと同じことを始めていることを知って、驚き呆れていたのだろう。マキヲとカシムを代理人に市場の事情を調べ、問題を究明すべく地方にまで調査の手を伸ばす。そして各地で足りぬものを補いつつ、まるで一続きの水路を通すように問題を解決していった。

「じゃあ、この海老饅頭が本来の味に戻ったのはマツリカ様のお手柄ってことだったんですね」ロワンが素朴に驚いている。

「コウノキを追いかけて北まで陸路で行ったのか」

「行ったのは食堂のマキヲです。カシムがついていってくれて……」

「マツリカ、こっちに来なさい」タイキが呼ぶ。

マツリカが従うと、タイキはマツリカを抱き上げて頬ずりした。

「私のために好物を取り戻してくれたんだな。有り難《あがと》う。私は海老饅頭が不味くなっていたことにすら気がついていなかったよ」

――痒《かゆ》いよ。髭を剃《そ》ってよ。

マツリカはタイキの腕の中で抵抗し、暴《あば》れて手を振り払うと、それから執務机の下に逃げ込んでしまった。

――臭いし。爺、風呂《ふろ》に入れ。

「草枕からのようやくのご帰還ですから。ちょっとは大目に見てあげないと」

しかし何たる言い草だろう。

それからロワンと丘博士とタイキの三人は、行って帰ってきたニザマの現状について情報を擦り合わせ始めた。今回の潜入行が綿密に計画され、首尾よく推移したのは、丘博士を中心にニザマの内情を事細かに予め調べ上げていたからだ。そしてニザマの現職の官吏に伝手を頼んで、水行や陸路の便を取ってもらっていた。なんと厚かましいことにタイキは、ニザマの役人に手を引いてもらって、今回の旅程をこなしていたのだった。なにしろ丘博士はもともとそちらの長の地位にいた人であるから、こちらのタイキ同様に頼りになる伝手もたくさん残っている。そんなわけで現今の中原の宦官官僚らの横暴も、冊封《さくほう》諸州との諍いも、こうして遠隔地に亡命しながらも掌に描くようにありありと見つめてきたのだった。

三人は確かめられたうわさ話や、その目で見た現状にそれぞれ触れて、遠いニザマの現状と将来を占う。


丘博士が離れを辞していくのを見送ると、イソキはイラムと共に手押し車に茶器と行李を積んで厨房に下がっていった。

タイキが留守中の郵便物を開封しては、しばらく考え深げにしている。また一つ開けると、ふたたび考える。そんな風に執務机に要検討の書簡が並んでいった。ロワンは書見台で地図に書き込みをしている様子だ。ニザマ京城の地図を詳細化しているところだろう。ハルカゼとエニスは、ようやく海峡を股にかけた工作から手が離れて、本来の法文処理の仕事にかかるが、その多大な残務をどこから手を付けていこうかと相談していた。

マツリカは執務机の下に潜り込んだままだ。

しばらくあって、書斎の戸を叩く音、次いでトマサコが入ってきた。西方担当の図書館員だが、その顔を見るとマツリカが机の下から這い出てきた。そしてまだエニスと話をしていたハルカゼのところにそれとなく寄ってきた。

トマサコはタイキに幾つかの封筒に入ったままの書簡を手渡している。それからタイキはトマサコから筒に丸めた紙を受け取っていた。筒に丸めた紙……。それは地図だろう。マツリカはロワンが屈みこんでいる書見台の方に視線を飛ばして、それから一人頷いた。

トマサコはタイキに伝えることを伝え終わったか、トマサコが部屋を辞そうとする素振りがあったところで、マツリカが唐突に訊いた。

――どうしてトマサコを丘老師と会わせないようにしているの？


タイキの動きが止まった。マツリカの言葉を聴き取っていたのはあとはハルカゼだけだった。

――折り合いが悪いとかっていう話じゃないよね。

それはそうだ。丘博士は貴賓の扱いであって、図書館員のトマサコが気を遣っておべんちゃらを言うことならいくらでもあるかもしれないが、折り合いが悪くなるような仲などありはしない。


「どうしてそう思ったんだね？」

タイキが静かに訊いた。

――同席しないようにしているよね。先日の……各地でやってる工作を共有しようっていう会議のときも、最初トマサコに話を聞いていたのが、丘老師が来たらちょっと何かを言い淀んで……それからほどなくトマサコは退席しちゃった。

「よく見ているね」

――そのあと丘老師がいなくなったらいつの間にかトマサコが戻ってきてた。同席するとなにか困ることがあるんだよね？

「それは何だと思う？」

――丘老師は盲だもん。声しかないよ。声を聞かせたくないんでしょう？　トマサコは丘老師の前で喋りたくないんだね。

「ふむ。できれば人前で話をしたくない人なんて世にいくらもいると思うがな」

――……トマサコ？

「トマサコ、あなたを呼んでいます」

「はい、なんでしょう？」

――『酒神祭』は単数形で受けてもいいんだよ。

「あなたは……『酒神祭』の一語を複数形に一致した動詞で受けていた……」

「はい」

「単数形で良いんだって言ってます」

「中性複数の名詞は頻繁に単数形で受けるものだ。ちょっと見ると一致の崩れみたいに見えるが……」タイキも頷いた。

――トマサコは複数名詞だと一律に動詞複数形で受けている。過剰訂正《イペルコレクティオ》がかかってる。

母語が別にあって、それは数の一致が無い言語でしょう？

「あなたの母語には数の一致の規則が無いのではないかと」

トマサコは困惑し、助けを求めるようにタイキに視線をやった。

ロワンも何事が生じたかと作業の手を止めてこちらに注目していた。

――トマサコの母語はニザマの上座東方方言でしょう。あなたの海峡俗語、公用語、古典語、いずれもほぼ完璧《かんぺき》で論《あげつら》うべき間違いなんかほとんど見当たらないけど、同じように上座東方方言を母語とする、海峡地域諸語を完璧に使いこなす文人と同席したら……尻尾《しっぽ》が出てしまう可能性があるよね。お里が分かってしまう。たとえばトマサコと丘老師は、二人しかしないような稀な間違い方……というより過分な正しさを共有しているかもしれない。数の一致の規則を遵守《じゅんしゅ》しすぎる不自然とか……、
トマサコはもはやハルカゼの通訳も聞こえていないようだった。

――どうしてそんなことになるのかというと出自が同じで、受けてきた教育が同じだから。トマサコは図書館には長いけど、もともとはニザマの翰林院の出なんでしょう。

トマサコはタイキに目を遣って、彼が頷くのを見ると眦《まなじり》を決して、少女に向かい合った。

「ご賢察のとおり」

――貴族の家系で、登用試験でも優秀だった。選良だ。

「別段、恥ずかしいことではありませんね。申し上げておきますが、私は自分の出自を隠している訳では無い」

――隠しているのは丘老師にだけだからね。

「それも故《ゆえ》あってのことです」

——責めている訳じゃない。そんな筋合いじゃないし。何でなのかが知りたいだけ。

「私が答えよう」タイキが問いを引き取った。「最も簡潔な言い方をすると、我々が丘老師の教えてくださることをすべて信じているわけではないから。そしてそういう姿勢でいることを丘老師に知られたくないからだ」

「ニザマの内部の事情について、もう一人、有力な情報源があるって知られたくないってことですね？」

「そうだ。丘老師から得た情報は、トマサコに諮《はか》って常に照合している。これは信義や信頼に属する話ではないんだ。丘老師は高潔な方で、詰まらぬ空言など口にすることは無いだろうし、言辞に無駄な粉飾を及ぼすこともまた無いだろう。その記憶力と知性には一片の疑いもない。しかしそれでも神ならぬ身には、誤った思い込みや、記憶の混乱が生じるものだし、時には無意識に事実を歪めていないとも限らない。これはもちろん万人について言えることだ。丘老師ほど、言葉の正確さ、確かさというものを大事にしている方はなかなか無いものだが、だがそれでも他に情報源があるなら彼の言うこととも照合してみなければならない。そしてかかる照合の作業をして、丘老師の言葉に検査をかけていることについて、老師に知られたくないのだ。なぜなら、考えてもみよ、我々は老師の言葉の逐一《ちくいち》にわたって、裏を取って事実や他の情報源と照合して確かめている。これは端的に言って失礼なことだし、彼の言葉を即そのものとして信じないとするならば、丘老師としてはこれをおよそ侮辱と受け取るだろう。その高潔さに見合う分だけ矜持《きょうじ》もまた高い方であるから」

——高い塔は疑うのが仕事なのかな。

「いや、そうは言うまい。私が運営している仕組みは信じるための仕組みだ。私もまた信じることの価値に賭金を高く積みたい。私は信じるっていうのはどういうことなのか、私人としてはそのことをいつも考えている。ただし、それは盲目的な信であってはならない。そして究極的には私は誰の言葉も盲目的に信じるには足りないと考える。丘老師について言えば、遺憾ながらこれは明白な陰口ということになるだろうが、私は老師を徹頭徹尾ニザマの人だと考えているし、本人もその自負がお有りだろう。したがって、あれほどの有徳の人であっても、一ノ谷とニザマを天秤に乗せたときには、無意識にでもニザマにいくばくかの分銅が大目に奢られているはずだと考える。それは避け難いことだ。人情だ。ましてニザマの文化をあれほどまでに深く愛して窮《きわ》めようとしている方なら当然のことだ。したがって老師の人品や美学や道徳観に拘わらず、私はその言葉をいつでもこそこそと照合している」

——トマサコはその手伝いをさせられているってことね。それでトマサコの言うことも老師の言うことと照合して確かめられるってことになるの？

「大原則としてはそうだな。特権的な情報などない」

——やっぱり『疑う』のが仕事みたいだね。

「そうだな。こうも言えるかもしれない。『疑う』ことというよりは『確かめる』ことが仕事なんだろう。『確かめる』からには『疑ってかかっている』という前提はあるのかもしれないが、疑うことの方が本質ではない。まずは『疑ってかかって確かめる』ということと、『信じる』ということは両立するからだ」

——両立する？　背反しているように見えるけど……、

「両立しうる。なぜなら『疑ってかかって確かめる』のは行為だが、『信じる』ことは行為ではないからだよ。『信じる』ことは常にすでに結果として、状態としてある」

——結果？　状態？　どういうことかな。

「『信じる』は行為ではないというのはだね、例えば『信じようと試みる』とき、人は『信じている』のかな？」

——信じようと試みる……それは信じてないってことになるんじゃない？

「なんとかして『信じ果《おお》せる』というのはどうだろう。人は『信じることに成功する』ことや『失敗する』ことがあるだろうか」

——それ、どっちも信じてないってことになるんじゃない。

「事ほど左様に、『信じる』こととは、試みて成功したり、失敗したりするような意志的な行為ではないということだよ。人は『信じる』とき、無意志的に、自動的に、常にすでに『信じている』のであって、いわば自分でもどうしようもなく『信じている』のだ」

——爺さんは何を信じているの？

「これを信じていると言葉で答えるようなことではないな。それこそあらゆる取るに足りない有象無象のことを信じている」

——私は何を信じているの？

「それは自分に問うしかないだろう。だが『私はこれを信じている』と思わないようなことをこそ信じているんだろうね。『私はこれを信じている』というのは信じようという宣言であって、信じようとする行為であるように見える」

——イチイって人を信じている？

「どういう人かは理解しているように思う。信頼に価する」

——あの人は王宮からの派遣だよね。

「何が言いたいかは分かっているよ。彼女が王宮の誰かと繋がりがあって、そちらで何くれとなく噂話をしていたとする。それは留めることのできないことだし、それで誰かがなんらか損をすることがある訳でもないだろう」

——誰もみんな何処からか派遣されてくるのかな。

「それはそうだろう。誰とも関係を持たず孤立しているというのでない限りは、何処かとの繋がりは必ず有るだろうし、有っておかしなことでもない」

——じゃあ誰もみんな何処かと繋がりが有るってこと？

「有るんだろうね。誰でもみんな」

——ふうん。

ハルカゼはこんな話を少し辛い気持ちで聞いていた。誰が誰を信じるとか、信じないとか。何処と繋がりが有るとか、無いとか。そんな何でもない言葉が、その都度ハルカゼの胸を締めつける。その話はやめて欲しい、とすら思った。

彼女にとっては辛い話だった。

マツリカに、ハルカゼは議会からの派遣だよね、なんて訊かれたらどんな顔をして答えればいいのだろう。ウルハイと関係の深い特別な家庭の出だよね、などと確認されたらどうするのだろう。平静を装って、そうなんですって言えるだろうか。

トマサコが丘博士と同席を避けている節があるのは何故なのか——こんな取るに足りないことからもマツリカは容易く、人の隠している裏面の真実に目が届いてしまう。あのタイキが、まるで尋問されているかのように、答えを……粉飾することのない答えを絞り出させられていた。

この洞察力が、ハルカゼの持つ二心を見逃すはずがあるだろうか?

戻ってきたイソキとイラムに促されてマツリカはタイキの書斎を辞して部屋に戻っていった。

ハルカゼはどこか意気消沈して疲れ果てた足を引きずるように階下の厨房へと下りていく。素焼きの水差しから水を汲《く》むと、暗い食堂机の上で茶碗を両手で包んでしばらくじっとしていた。

誰の足音も響かない静まり返った離れの地上階に耳を澄ませる。

本当に明かりを消したように急にひっそりしてしまった。この一ヵ月ほどはずっと夜と無く昼と無く、眉根を寄せ難しい顔をした館員や連絡員が右往左往していたのに。海峡地域一帯の戦乱の機運を押さえ込むという大規模な工作に参画していながら、それが一段落してもどうも達成感というか、何かを成し遂げたという感じがしない。また海老饅頭を旧来の味に戻すための工作も、不思議と丸く纏めることのできた話だったが、何か蟠《わだかま》りが残ってしまっている。

それはマツリカと距離が近くなればなるほど、この身に罪悪感みたいなものが身を擡《もた》げてくるというところにあるのかもしれない。トマサコはあのとき、別段出自を隠してはいないし、恥ずかしいことでもないと言っていた。自分はどうだろう？　その伝で言うなら、ハルカゼは出自を隠しているし、恥の感情が深々と胸に迫っている。そして何よりいたたまれないのは、マツリカはハルカゼの事情なんかとっくに「洞察済み」だろうという確信があることだ。

隠していることはばれていて、ばれていることも承知していながら、そこには秘密も秘密の暴露も無いような顔をして、平静を取り繕って、親しげにマツリカの傍に侍っている。それに耐える神経が自分にあるだろうか。

重たい足音が近づいてきた。厨房に向かってきているからには、おそらく水か寝酒でも酌《く》みに来たのではないだろうか。

そんな想像のとおり、湯浴みでもしたのだろう、生成《きな》りの貫頭衣みたいな簡単な作りの服をまとったタイキ老が、部屋に持ち込む水筒を満たしに来ていたのだ。

暗闇の中に座っているハルカゼに気がついた。

「丁度よかった。こちらにも一杯貰えるかね」

「これ水です」

「水？　じゃあいいかな。葡萄酒《ぶどうしゅ》は……」

厨房作り付けの棚に据えられて並んだ小樽が葡萄酒で、どれがどこの産地か忘れてしまったが、これとこれは白というようなことは辛うじて覚えていた。タイキの革の水筒に注いでやった。

「マツリカはだいぶ君に懐いているようだが……」

「今、一番一緒に居ますからね。それで、そう見えるだけですよ。離れですとイラムが一番距離が近いでしょうか。というよりあの二人の会話には誰も着いていけません」

「留守にしている間にずいぶん面白いことをやっていたものだねえ」

「マキヲとカシムが北部州に実地にいって塩と氷の現物を持って帰りましたから。もう引きどころを失ってしまって……ヒヨコに泣きついてしまいました」

「彼は有望株だね。十年後には中央政界を牛耳《ぎゅうじ》っているかもしれないね」

「野心も実力も、はっきり光を放ってますから、横槍も多く入りそうですけど……」

「図書館もいろいろなところに渡りがつかないと行き詰まるだろう。私も元々は独立自尊の組織を旨としていたのだが、図書館の運営にもさまざまに政治や利権が絡みつく。澱《おり》が溜まって今の有り様だからね。そろそろ解体して新規まき直しを図らねば」

「栄誉ある孤立という訳にはいかないんですね……」

「そう、あのマツリカも何時までも孤立してはいられまい。今日はトマサコの話題だったが、『信じる』とか『疑う』とか、『繋がりがある』とか『ない』とか、どうにも抽象的な話ばかりだったね。あれは何を言いたかったんだろうか。何かを言いたかったんだろうか」

「やはり身の回りの者たちを信じ切れないという不安があるのではないでしょうか。あれだけの洞察力をあの歳にしてもう具えています。近づいてくるものの底意が見え透いてしまうんじゃないかって」

「やはり信じられる確かなものが欲しいという訴えだったのかもしれないね。ハルカゼ、君ではそれに足りないだろうか」

「足りないでしょうね。ご存じのように、私は家の利権を代表して彼女に取り入るために図書館に来ています。そのことを彼女は最初から知っていた。私がこれからどんなに彼女に真心を尽くしても、彼女がそのときに引いた線の内に入れることは無いんじゃないかという気がします」

「君も相当に……枯淡というか、感傷に流れない方だね」

「そう思っていました。今は……いろいろ割り切れなくて、ちょっと辛いです」

「そうか……君なりの感傷はあるんだな」

「最近はぐらぐらしてます……タイキ様はあんまりお気持ちに揺らぎがないように見えますが」

タイキはわざわざ水筒に入れた葡萄酒を、その場で茶碗に少し出して飲み始めた。

「年寄りというのはそうしたものだろう」

「タイキ様、これはエニスが言っていたことなんですけど……今回の同盟市戦争を押さえ込もうとタイキ様が力を振り絞っておられたのは、その原動力はあなたが怒っているからだって……そういう風に言っていたんです」

「ほう？」

「原動力は『怒り』だって。そうなんですか？」

「うーん……まあそんな風にも言えるかもしれないな……」

「何にそんなに怒ってらっしゃったんでしょう？」

「直接的には娘が死んだことだね。暴動で殺されてしまったんだ」

淡々と言うので、一瞬意味を取り逃してしまった。

「え？」

「娘婿《むすめむこ》はなかなか有能な男だったが、曲がったことのできない頑固なところがあった。不器用なところはあるが官吏としては優秀で、現場の問題をきちんと理解して調整に入れるというので、属州の領主格で採算割れしている鉱山のある遠隔地を任されたんだ。労使の関係がごたついていて、先任の領主が穴《けつ》を割って逃げちまっているような、問題の多かった鉱山経営を立て直して中央貴族の利権を確立するというような任務だった。しかし属州経営の勘所っていうのは今日の世情を観《み》れば分かるように、どれだけ現地から絞り取れるかの勝負ではなくて、どれぐらい現地の直接当事者を宥《なだ》め賺《すか》して使っていけるかってところにある。それで中央と現地の板挟みになって何とか調整していたんだが、この対立がゆくゆく尋常じゃなく深刻になっていったんだ」

「なにか強い搾取構造が出来上がっている場所だったんでしょうか」

「銀山があった」

「ああ……」

「抗内労務者の塵肺《じんぱい》が問題になっていたので、労働時間に制限を加えて現場では三交代、飯場に待機する分まで義務づけて四交代を徹底した。そして防毒面を鼻まで覆うものに変えたんだ。すると生産性が格段に上がったんだな。そうしたら中央の利権者たちがとたんに舌舐《したな》めずりを始めて、あっという間に領を直轄地に組み入れて、領主を挿げ替えて中央の経営で無理な採掘計画が押し込まれるようになってしまった。人使いを改めて生産性を上げたのに、ある程度の生産性が確保できるとなったら、今度は資金と人員をさらに投入して事業を拡大すると言って、新領主の采配《さいはい》のもとで幾つもの無理が通された。相変わらず労使間の問題の調整は現場の官吏に丸投げで、間に立った娘婿には負担が多かった。銀山は大概は熱水鉱床だから坑道の取り回しには細心の注意が必要で、試掘を繰り返して少しずつ鉱床に迫っていくものだ。それを試掘なしで無理やりに坑道を拡げたものだから大事故になった。大規模な落盤だ。救助活動中にも崩落が進んで、しかも崩落部のほとんどが熱水泉の湧水《ゆうすい》で水没してしまった。このとき、銀山の経営者の中央貴族と肝煎りの新領主が救助活動の中止を発表したんだな。水没してしまったからにはこれ以上の救助活動は無駄だということで……。これに鉱山労働者とその家族たちが激昂して鉱山に暴動が起こったんだ。暴動の火の手は鉱山から下手の村まで一気に広がって、領主館や領主側と見做された施設管理側の住まいが軒並み焼き打ちにあって燃やされた。娘はそこにいたんだ」

ハルカゼは急なことで言葉を失っていた。もっとも声が出たところで何を言えば良かっただろう。お悔《く》やみでも口にすればよかっただろうか。

「その後で娘婿が銀山の坑道から姿を現した。現場の責任者として飯場の管理人らと一緒に、まだ救助活動を続けていたんだよ。暴動の狂熱は一瞬で冷めてしまったそうだよ。暴動に参加していた鉱山労働者たちは、一人でも埋まっている坑夫を助けられないかと、坑道の奥で膝をついて温泉水をまだ掻い出していた官吏の家に火を放って、妻を焼き殺していたんだ」

「酷い話ですね……」

「怒りよりも、悲しみよりも、先に感じたのは、驚きと呆れだったな。私は心底呆れてしまったんだ。そんな馬鹿《ばか》なことがあるのかと」

「呆れ……ですか」

「娘婿はもちろん怒ったさ。そもそも鉱山労働者と中央から派遣された経営者の間に立って、労働者の環境改善のために尽力していたんだ。彼の施策はいずれも労働者の身を守るためのものだった。そしていざ事故が起これば、陣頭で救助に力を尽くしていたんだ。ところが暴動の参加者たちはそういうことは考えてはいなかった。たぶんなにも考えてはいなかったんじゃないのかな。娘婿は暴動の首謀者を引きずり出して復讐をしようとしていた。泣いていたよ。お前のかみさんも殺してやるって泣きわめいていた。私は彼を止めたんだ。意味の無いことだと言って窘めた。でも止めない方が良かったのかもしれない。私が止めたせいで、彼は首謀者の家族をくびり殺す代わりに自分をゆっくりと殺していってしまった。酒に溺れたんだ。文字どおり溺れていた。脳の芯まで酒精に浸《つ》かっていたと思うよ。そしてほどなく自分の嘔吐物《おうとぶつ》を咽《のど》に詰まらせて死んでしまった。あれは事故と言うよりは自殺だな」

「そんなことがあったんですか」

「さて、私は何に対して、誰に対して怒ればいいんだろうか。娘婿が立て直した鉱山から利益を掠め取ることしか考えておらず、またぞろ現場の人間を道具みたいに扱い始めた新領主に対して？　それとも領主館の周りに区別もなく火を放った暴動の参加者たち？　なるほど常々不当に搾取されていて、事故が起きても人間らしい扱いをすらしてもらえなかった、それは暴動を起こすのに充分な理由だろうか。充分な理由と言えるんじゃないかな。では領主館を焼くのに充分な理由となるだろうか。領主側についた官吏の家を焼くのに充分な理由となるだろうか。彼らはその官吏が地の底でまだ水を掻い出しているあいだに、地上で館《やかた》に火を点《つ》けていたんだよ。こんな馬鹿な話があるものだろうか」

それから椀の葡萄酒を空けて溜め息を吐いた。

「いらい私は、人々が武器を手に集まって、なにか叫びながら噴き上がっているのを観ると、強い警戒感を覚えるようになった。武器を手に集まっている群衆、声を合わせて叫んでいる群衆というものは……愚かなんだよ。危険なまでに愚かなんだ。それが不当な圧政に反旗を翻して立ち上がった『無辜《むこ》の市民軍』とやらであっても同じだ。自分たちの反乱に正当性があると信じれば、信じるだけ、より愚かになって、より危険になる。なんだね、必要なのは金融の自由化か？　徴税権か？　だったらそれを取ろうとすればいいじゃないか。なのに何で武器を持って集まっているんだ？　ああいう奴らは放っておくと、意味もなく領主の館を焼いてまわるようなことを始めるんだ」

声音は静かだったが、怒気を孕んでいる。やはりそこには怒りがあった。

「持ち出しの私軍も無いお飾りの政務官が幅を利かせているって？　それは鼻持ちならないだろうな。それでそいつをやり込めるのに何が必要なんだ？　上訴権か？　弾劾制度か？　だったらそれを勝ち取れば良いじゃないか。なんだって武装して集合しているんだ、どこに進軍しようって言うんだ？　騎士隊が進軍すると上訴権が降ってくるのか？　まあ、せいぜい進軍してできることなんていえば、問題の憎き政務官を吊るし上げて、文字どおり街頭に吊るしてしまうことか何かなんだろうね。元々言っていることの大枠には同情ができたかもしれないが、ことここに至れば中央もいよいよ、海上から上陸部隊を出して反乱軍の鎮圧を図るしかないだろう。おそらく政務官邸に三日ばかり反乱軍の旗が翻って、政務官の亡き骸がぶら下がっていたっていうだけのことになる。それじゃ彼らは何をしたかったんだろう？　反乱によって、蜂起によって、その三日間の政府ごっこと政務官処刑の三文芝居、それをやってみたかっただけなんだろうか。ハルカゼ、分かるかな。武器を持って集合する群衆というものはね、たぶん倫理とか常識とか判断力といったものを失ってしまうんだ。群体をなして動くこの上なく愚かな生き物なんだ。最初は筋の通ったことを言っていても、叫び声を上げ、武器を振り上げながら進んでいくうちに、この群体はどんどん愚かな怪物に変わっていく。私がしんそこ恐れ、嫌って、軽蔑《けいべつ》しているのは、そして怒りを感じているのは、この愚かさ、群体をなした暴徒の見せる底なしの愚かさに対してなんだ」

そう言ってから、ちょっと声が上がっているのを恥じたのか、椀に少しの葡萄酒をとり、それからハルカゼにも少し注いだ。

「『怒り』が原動力か。それはそうかもしれないな。今回海峡地域のいたるところで反乱の萌芽《ほうが》が発していた。それらを順当に育てていくと市民の蜂起になり、反乱になる。声を上げ、武器を掲げて、練り歩く。するといつしかあの愚かな群体が産み出されて、現場の責任者が坑道の底で水を掻い出しているあいだに、その留守宅に火を点けて回っているような馬鹿が出てくることになる。この底抜けの愚かさに対する怒りがあったればこそ、私はその市民軍、反乱軍の逐一に問いかけなければならなかったんだな。君たちは反乱軍として立とうとしている。それによって得ようとしているものは何か？　何を、誰から取ろうとしているのか？　君たちがあの愚かな群体に堕してしまう前に、それだけ聞かせてくれ。そして、もしそれがこの場で与えられるものならば、もう声を上げて進軍する用もなくなるのではないのか、と。私が言っていたのは、最初からそれだけのことだった」

それから乾杯するように椀を掲げるとハルカゼに目礼した。

「今回は何とか間に合ってよかったよ。君たちの尽力のお陰だ」

「私は何もやっていませんけど」

「いや、図書館まるごとで一体の生き物だからね。愚かじゃない方の群体だ」

「そこまでの自負がおありなのに、ゆくゆくは解体してしまうのですか」

「解体するというより、もう引退するんだよ。みな歳だからね」

「私のようなひよわな者からすると、みなさんお元気ですけどね」

「それはそうと、今回はニザマに禍根を残してしまったな。ニザマには、お前らは今回は引っ込んでおれと釘を刺したわけだが、腹心の部下を使って直接ミックビに脅しをかけてやったのはどうだったか。十年の祟《たた》りになるかもしらん」

「それは次代に持ち越しって言うことになるんでしょうか」

「うむ、やつがあと何年生きるのか、普通の人の寿命をもとには計算できないからな。マツリカの成長には期待している」

「マツリカ様はすでに稟性《ひんせい》はあらたかですし、常住坐臥《じょうじゅうざが》、自己研鑽なさっているご様子」

「しかし自分一人では育てられぬものもある」

「それはそうでしょうね」

「ハルカゼ、君には情操方面での貢献を期待している」

「私にですか？」

「常識だとか、人情だとか、情緒だとか」

「あまり得手の方角ではないですけれども」

「人情や情緒に得意はあるまいよ。不得意同士が付き合って交感するのだ」

「……そう言えば一人では育てられないものもあると仰せでしたが……タイキ様はマツリカ様と読本のようなことはなさっておられます？　課題の本を読んで評を交換し合うような……」

「いや。ずっと前に一時期やっていたが……その後は途絶えてしまったな」

ああ、やはりそうだった。しばらく前からそうじゃないかと思っていた。

ハルカゼの胸が痛切に疼いた。

あれはマツリカとタイキの間で交わされた往復書簡ではなかったのだ。

あれはマツリカの自作自演だ。信書ではなく一種の創作だった。左手がマツリカの感想を書き、それにあたかもタイキが応じたかのように、右手で対話者の返答を追記していた。イラムに手習いの見本を右手で書いてあげていた、その筆跡をみて、そうではないかと薄々気がついていたことだった。始めはタイキの論評が返ってきていたのかもしれない。だが、いずれはそれも途絶えがちになり、やがて意見の交換はなされなくなる。それでもマツリカは自分で自分に答えていたのだ。

ハルカゼは自室に戻るのに一番近い南西隅塔の階段ではなく、玄関広間の中央階段を選んで登っていった。マツリカの部屋の前を通る経路だからだ。

まだ夜は深更というには早いがマツリカはすでに就寝しているはずだ。戸口の前で逡巡《しゅんじゅん》していると、中からどさりと何かが倒れ伏したような音が伝わってきた。

「マツリカ様」

返事がないのは予想していた。

そっと戸を開けて中を窺うと、マツリカが寝台の上に突っ伏している。

就寝時には座位だったのだろうが、ちょうど先ほどの音がそこから崩れ落ちたところだったのだろう。

寝台の上には幾つもの書籍が散らばり、それから例の往復書簡……いや、マツリカの自作自演の感想と応答の紙片が何枚も散らばっていた。タイキの帰還に慌てて執務机の下から引っ張り出した本や紙片をマツリカは自室に持ち込んでいた。それを整理する棚などないので、そのときに寝台の上にぶちまけて済ませてしまったのだろう。そしていま座位から崩れて、その本や紙片の上に倒れ伏していたのだ。

ハルカゼは足音を忍ばせて寝台に近づき、天蓋《てんがい》から下がる紗《しゃ》を掻き分けてマツリカの上に屈みこんだ。寝息を立てている。眠りの浅いハルカゼとは異なり、マツリカは深夜に目が覚めてしまうようなことはほとんどない。一度眠り込んだら、あとは眠りっぱなしだ。

マツリカの頬の下には革装の書物が開いて伏せられ、顔に敷き潰されている。ハルカゼはその頬をそっと持ち上げて、本を抜き去ってからマツリカの頭を寝台の敷き布の上に安置した。それから散らばり放題の紙片をかき集め、マツリカの下からも引き抜いて簞笥の方へと片づけにいった。
本を片づけるならあの書斎の中の然るべき本棚に戻せばよかったのだ。こうして慌てて自室にぜんぶ持ち込んだのは、これら紙片をタイキに見せたくなくて、ひとまず自室に仕舞い込むことにしたものだろう。
どれも薄手の用箋で二つ折り、拡げれば左には鏡文字の左手の執筆、右には右手の金釘《かなくぎ》文字の平文がある。おそらく最初の数通、実際にタイキとの応答があったものがこうした形式だったのだろう。それをずっと踏襲している。

もう、これが信書ではないとは理解していたが、それでも中味をいちいち検めるのは憚《はばか》られた。これが自作自演の創作だとしても、マツリカと誰かが交わした秘密の通信であることには変わりがないような気がしたのだ。だけれども寝台の上に散らばった紙片の中には、マツリカの肘の下で捩《ねじ》れていたり、掻き寄せた枕に潰されていたり、あるいは寝台の足元に吹き曝されて散っていったものもあり、そうしたものを回収するときには知らず文が目に入ってきてしまった。

島嶼海方言の崇高体の叙事詩を読みました　活用が独特で最初は難しかった

──韻律に注意して読み直してみよう　活用は表にして、共通語のものと比べてみると、規則が見えてくるよ。

東大陸の神話を読みました　羅睺《らごう》は霊薬を盗んだ廉で斬首《ざんしゅ》されますが　密告した太陽と月を逆恨《さかうら》みしてずっと首だけで追いかけ続けます　追いついて丸呑みにしても首の穴からすぐ零れてしまいます──日食と月食の起源

──天地創造の神話のなかに、天文現象を暗示している逸話が他にも見つかるかな　探してみよう。

何の変哲もない遣り取りの──模倣。だがちょっと目を走らせただけでハルカゼの眼《まなこ》には涙が滲んできてしまった。

鼻の奥が疼いて、必死で嗚咽《おえつ》を押さえ止《とど》めた。

なんというか、返信の言葉も、なるほどタイキが指摘しそうなことだという気がする。その一方でいかにも児戯と一般とも思われる。子供っぽいと言うよりも、子供の振りをしているというような戯《あざれ》がましさがある。この子供らしさを装う仕草に、ちょっと歪で、なお哀切なものが含まれている。子供が子供の真似をしている、子供が子供の振りをしているというのが滑稽《こっけい》なのではない、そこには、失われた童心を必死でかき集めて装いを繕っているような、必死さがある。切実さがある。

タイキの語った娘と娘婿を失った逸話には、彼の孫の話は出てきていなかった。ハルカゼはそれを訊き質すことができなかった。本当なら……あの話の何処に、マツリカはいたのだろう。そして何処で、どれほどの悲しみと苦しみと怒りとを味わっていたのだろう。それを訊くことができなかった。聞くのが怖かったのだ。

きっとそのとき、その瞬間に、マツリカは底知れぬ慟哭《どうこく》とともに、彼女の声の全てを置いてきてしまったのだ。そして彼女の童心もきっとそこに置き忘れられたままになっている。

空っぽになってしまったマツリカの魂を、タイキは書斎に犇《ひし》めく膨大な人知の集積を詰め込むことで補おうとした。それはマツリカの魂と、そして心を守ったかもしれない。現にマツリカは歳に似合わぬ、非常に安定した精神を持っている。少なくともそのように見える。だけれども、図書館そのものを脳髄《のうずい》に押し込んで無理やり体裁を整えたマツリカの精神に居場所を定められないでいる、置き忘れられたままの彼女の童心が、微かな悲鳴を今も伝え続けている。

だって、まるで子供の振りをするみたいにして、マツリカが創作した数限りない往復書簡か交換日記、その相手のいない通信の文言は全て、要するに「今日も本をたくさん読んだよ」と伝え、そして「よく読んでいるね、えらいね」と答えてもらう、そんな切ない茶番を必死に繰り返しているようにしか見えないじゃないか。

いじらしく、痛ましい話だった。

ハルカゼが目に留めたのは結局数通にすぎない。でも全部がきっとこんな具合なのだ。

マツリカは部屋で一人、空っぽの魂に智慧と知識を詰め込むたびに、置き去りにされたおさなごころをかき集め、自分に手紙を書いて、自分に相づちを打っている。

ハルカゼは寝台の上の枕を整えてやった。マツリカは伏せた本の上に突っ伏していたので、頬に背表紙の跡がついてしまっていた。それから天蓋の紗をかきあわせて、取り集めた紙片は箪笥の上に積み上げておいた。

安らかな寝顔に見えた。

＊　＊　＊

日に日に夕風から残暑の火照《ほて》りが消えていき、高い塔の足元が夕影に包まれる刻限も早まっていく。

一時は人熱《ひといきれ》の籠もっていた小会議室も、もはや出入りする者とてなく、壁に寄せられた机の上には整理を待つ書類や書籍ばかりが几帳面《きちょうめん》に積まれていた。

図書館正面口の二重扉が開け放たれることもなくなって、人の往来も間遠になってしまえば、閉ざされた図書館の入り口広間を満たす空気は、巨大な釣り鐘形の冷たく静まりかえった透明な重石《おもし》のように、塔の重心に沈んで動かない。

ハルカゼが図書館を出る時間も日一日と早くなりつつあった。

べつに待ち合わせの約束があった訳ではなかった。ハルカゼが退館して離れに戻る前に、図書館の下の植物園の手近なところを回ってくるのは、単なる習慣というか、日が陰ってからしかできないことなので、いつものようにそうしていたまでなのだが、マツリカがいるかもしれないな、という予感はあった。

じっさいマツリカは例の池の端の椅子に腰掛けて、観賞魚が蓮の葉の隙をついて浮かび上がり水面に波紋を描いているのを眺めていた。

「マツリカ様」

顔も上げなかった。ハルカゼはマツリカの傍まで行って、椅子の隣に腰掛けて持っていた紙挟みと書籍を膝の上に積んで、手扇で顔を煽《あお》いだ。

「もう秋も深まってきたのに、日が暮れてから涼しくなるまでにちょっと時差がありますね」

しばらく返答もなかったが、やがて手を振るいだしたマツリカをハルカゼは横目で観ていた。

マツリカの手話と、ハルカゼの声、二人の会話は二人が池の水面にぼんやり視線を送ったままで、すれ違うように続いた。

——本と手紙を片づけたのはハルカゼ？　イラムは知らないって言ってたから。

「私です。本を枕にしないようにって申し上げたでしょう？　顔に跡が着いていましたよ？」

なんでもないことのようにハルカゼは答えた。マツリカも顔を背けたままで言う。

——あの手紙……、

「いくつかおもてになっていたのがあったので目に留まってしまいました。読書記録か何かをつけられているのでしょうか？」

——記録……というか……、

「対話篇《へん》みたいになっていましたね。あれは対話者はタイキ様みたいな方を想定なさっているのでしょうね」

返答はなかった。

「何か、これは、というものをお読みなったときに、次の課題みたいなものを御自分で定めていらっしゃるんですね」

——まあ、そんなとこ。でも、もうやらないよ。

「何故？」

——何故でも。

池の水面を見つめたままで、むっとした顔でマツリカは言っていた。

「マツリカ様でも、何かお読みになったときに覚え書きを認めておくというのは案外でした」

——でももうやらない。

「何故。お続けになればいいのに。何でしたら、私を相手にお書きになっていただければ」

——何で？

「だって、そうしたらマツリカ様ともっと立ちいったお話ができるでしょう？　私が相手となると、次の課題をご提案差し上げるというような形にはならなくって、こっちから質問するばっかりになっちゃうでしょうけど」

——何でそんなことがしたいの？

「マツリカ様のおっしゃることがもっと聞きたいからですよ。私は手話ですと、いかんせん『耳が遠い』ような有り様で不甲斐なく感じています。文字になっているものなら私とても心得はありますし、自負もありますから、もっと気の利いたお返事ができるのではないでしょうか。マツリカ様は私に何かおっしゃるときに、ちょっと……諦めているというか、手加減してらっしゃるでしょう？　私の無力のなすところですから不満は言えませんが、我が事ながら歯がゆく思っています。筆談ならもう少しお心に応えられるのでは……と」

——ふぅん。

「今日は何をお読みになったんです？」

——いろいろ読んだよ。何ってこともない。

「でも特別気にかかったものはなかったですか？　特筆に価するものは。今までお書きになっていたような……」

——あの手紙の話はもうしないで。それから、他の誰にもしないで。

「何故ですか？　するなとおっしゃるなら決してしませんけど」

——今日は特筆に価するものなんてなかったよ。

「だったらそうお書きになっていただければ」

——そんなことに何の意味があるの？

「意味は無くはないと思いますよ。少なくともマツリカ様が今日そう思ったということは伝わるじゃないですか」

——だから、それを伝えることに何の意味があるの？

「……意味はありますよ。私はもうちょっと手話が分かるようになりたいです。ですが、それにも増して、ちょっと急いででもマツリカ様のおっしゃることを聞きたいんですよ」

——今日は何もありませんでした、なんてことを聞いて、何の意味があるの？

「何もない日なんて、あるのでしょうか」

——何もない日がほとんどじゃないの？

「何かがあった日だって、その日だけでその何かが生じた訳じゃないじゃないですか。歴史に残るようなことだって、それが起こった日っていうのは確かにあるかもしれませんが、必ずその前夜があって、その前日があるわけでしょう。文脈というものがあって、出来事の

——特筆すべき出来事の準備みたいなものがあるでしょう？　だったら『何もない日』なんて、本当は、無いのじゃないでしょうか」

——準備？

「私は今、マツリカ様が特別な書物に出会ったとか、特別な出来事を経験したとか、そういうことばかりじゃなくて、その前にどんなことを常々思っていたのか、どんな準備があって出来事を迎えられたのか、それを知っていたいなって」

——何のために？

「何のためってこともありませんよ。ただそうしたいっていうだけです。マツリカ様は何のために海老饅頭を本来の品質に戻したかったんですか？」

マツリカはむっと顔を背けている。

「この日、この所に、とはっきり日時が指定されているような歴史的な出来事というものはあります。でも、そうした歴史的な出来事が起こったのには、その日、その場所に出来事が生じる前に、きっと出来事が起こる準備が始まっていたはずです。出来事そのものよりもずっと複雑で、ずっと曖昧《あいまい》な……どうしてその出来事に結びついたのかがたまさかの天の配剤にすぎないような……さまざまなことどもがあったでしょう」

——それが私と何の関係があるの？

「あなたはこの日、このときに歴史が変わったというような場所に立ち合う人になると思います」

——何でだよ。そんなこと勝手に思っていればいいだろ。

「そのときに、その前にあなたが何を思っていて、何をしていたのかを知っていたいなって思って」

——へぇ。知らないよ。好きにそう思っていればいいじゃない？

「じゃあ、私を相手に読書記録を書いていただけますか？」

——やらないよ。もうやらないって言っただろ。

結局、マツリカとハルカゼの間で読書日誌の交換のようなことは行われなかった。

だからハルカゼが望んでいたように、日々マツリカが何を考えていたのかの記録のようなものはその後どこにも残されなかった。

だけれども、マツリカがハルカゼの勢いに絆されてたというほどのことではなかったものの、マツリカが何を考え、何を感じているのか、それはその都度ハルカゼの知ることとなっていった。マツリカからすれば、ハルカゼの度重なる求めに応えて、思うところを訥々《とつとつ》と開陳したにすぎないが、それでもその小さな魂に溢れる膨大な言葉の受け皿になるというハルカゼの望みは、少しずつではあるが確かに果たされていくことになったのだった。

第三次同盟市戦争は起こらなかった。

それはいずれ忘れ去られてしまう出来事とも言えないようなことだったが、その前後に起こったことを覚えているものが、まだ辛うじている。

マツリカの個人史にも同じようなことがあった。

その本人にすら忘れ去られた童心のありかを、決して忘れようとはしなかった者が少なくとも一人はあったのだ。

初出　「メフィスト」2024　AUTUMN VOL.13
※この物語はフィクションです。実在するいかなる個人、団体、場所などとも一切関係ありません。

高田大介（たかだ・だいすけ）
1968年、東京都生まれ。早稲田大学大学院文学研究科博士後期課程単位取得退学。早大、東京藝大などで講師を務めたのち渡仏。
専門分野は印欧語比較文法・対照言語学。『図書館の魔女』で第45回メフィスト賞を受賞。
他の著書に『図書館の魔女　烏《からす》の伝言《つてこと》』などがある。

図《と》書《しょ》館《かん》の魔《ま》女《じょ》
高《たか》い塔《とう》の童《どう》心《しん》

2025年2月17日　第一刷発行
2025年4月10日　第三刷発行

著者　高田大介《たかだだいすけ》
発行者　篠木和久
発行所　〒112-8001
東京都文京区音羽2-12-21
電話　出版　03-5395-3506
販売　03-5395-5817
業務　03-5395-3615
装幀　坂野公一（welle design）
写真　Adobe Stock
本文データ制作　講談社デジタル製作
印刷所　株式会社KPSプロダクツ
製本所　株式会社国宝社

ISBN 978-4-06-538602-6
N.D.C.913 223p 19cm

KODANSHA